안락한 여행

사랑하는 나의 아내
한솔에게 바칩니다

차례

"안락사를 하기로 결정했어요. 올해 생일이 되기 전에 떠날 거예요."

　어떤 말은 끝마디가 눈물샘에 묶여있는 탓에 첫 소절만으로도 눈물이 차오른다. 반면에 평생을 가도 할 수 없는 말이라 생각했지만, 어떠한 장애물에도 걸리지 않고 나오는 말이 있다. 나는 이 말을 내려놓는 순간을 수백 번도 더 상상해 왔다. 그러한 상상의 처음부터 몇 초 전의 마지막 시도까지, 나의 선언은 번번이 첫 문턱에 걸렸다. '안-'에서부터 고꾸라졌다. 때문에 나는 내가 아빠와 엄마, 할머니까지 둘러앉은 저녁 식사 자리에서 마침표까지 완벽한 문장을 뱉어냈을 때 깜짝 놀라버리고 말았다. 그 말투가 마치 오늘 늦게 들어올 것이라는 선언처럼 담담해서 한 번 더 놀랐다.

그래, 그건 일종의 사고였다. 던지기 연습을 하다가 무심히 손끝을 빠져나간 공이었다. 답습한 수백 번의 시도 중 한 번이었지만, 웬일인지 장애물과 문턱이 작동하지 않았다.

갑작스러운 선언은 식탁에 쿵 하고 떨어졌다. 마치 블랙홀처럼. 시간의 축이 뒤틀리기라도 한 듯 무겁고 느리게 흘렀다. 그러는 동안 달그락. 달그락. 빈 밥공기에 숟가락이 부딪치는 소리만이 적막 위에 켜켜이 쌓였다. 해야 할 말을 길어내듯 밥공기 안에서 배회하던 엄마의 숟가락이, 정리가 끝난 듯 툭. 툭. 식탁의 분위기를 환기했다. 엄마의 크고 동그란 눈이 나를 빤히 바라보았다. 엄마는 현실을 부정하듯 눈을 깜빡였다. 그러는 동안 그 눈에 석양이 내렸다.

"진심으로 하는 소리야?"

긴 침묵 끝에 처음으로 내뱉은 말. 그럼에도 엄마의 목소리는 이미 더 이상 갈라지기 힘들 정도로 쉬어있었다. 나는 엄마가 이 순간에도 최대한의 절제력을 보이는 것이 내심 놀라웠다. 식탁 위에 놓인 엄마의 손을 향해 팔을 뻗었다. 낙엽처럼 바스락거리는 손이 식탁이 흔들릴 정도로 격하게 떨리고 있었다.

나는 그렇다는 대답 대신 고개를 한 번 끄덕였다.

엄마는 잠시나마 나에게 잡혀있던 손을 거둬들였다. 다시 무겁고 어려운 침묵이 이어졌다. 우리 넷의 어색한 숨소리와 침삼키는 소리만이 냉장고의 소음에 맞춰 규칙적인 파문을 만들어냈다. 지금의 상황이 잘 이해되지 않는 듯, 아빠와 할머니가 우리 모녀를 번갈아 가며 바라보았다.

"진심 이……"

마찬가지로, 어려운 침묵 속에서 건져 올렸을 아빠의 말이 채 끝나기도 전에 '미친 소리 하지 말라'며 엄마가 소리를 지르기 시작했다. 육십 평생을 교직에 몸담아 온, 웬만한 일에는 큰소리조차 잘 내지 않는 엄마가 그렇게 흥분한 모습은 처음 보았다. 엄마는 한여름의 아스팔트만큼 열기가 오르고, 마감날의 편집장처럼 잔뜩 성이 나서 가차 없이 나를 몰아붙였다. 당연히 거쳐 가야 할 단계라고 생각했지만 엄마가 이처럼 독하고 모질 수 있다는 것은 내 예상을 훌쩍 뛰어넘는 것이었다.

"아니 딸. 무슨 몰래카메라…… 그런 건가?"

아빠의 질문은 더없이 무거워진 식탁의 공기 속에서 혹시 모를 농담기를 찾아 방황했다. 빈 밥공기에도, 떨림을 주체하지 못하는 앙상한 손에도, 차마 흐르지도 못한 채 눈가에 고인 눈물에도, 4인 가족의 단란했던 식탁 어디에도 그러한 흔적은 없었다.

"농담이라도 그런 소리는 하는 거 아니다."

아빠는 애써 헛웃음을 쳤다. 그게 아빠가 할 수 있는 최선이었다. 목소리를 높여야 하는 순간에 되레 헛웃음을 치고 마는…… 아빠는 그런 사람이었다. 그러는 동안 거친 숨을 몰아쉰 엄마가 차례를 기다렸다는 듯 모진 말을 쏟아내기 시작했다. 아빠는 그러는 엄마를 말렸다. 아니 굳이 따지자면 말렸다기보다는 쓰러져가는 엄마를 붙잡았다는 표현이 맞겠다. 엄마를 붙잡은 아빠의 손 역시 무엇 하나 움켜쥐지 못할 정도로 떨렸다.

다만, 옆자리에 앉아있던 할머니만은 나를 빤히 바라보며, 좋은 의견이라고 하셨다. '나쁘지 않다'며. 나는 $1\mu g$[1]의 눈물도 흘리지 않으려 노력하며 추가적인 계획을 설명해 나갔다. 내 결심은 확고했다. 이야기를 더 길게 끌어봤자 나에게 불리한 상황으로 흘러갈 것이 뻔히 보였다. '그만하면 됐다'느니, 혹은 '알겠으니, 다음에 더 이야기하자' 등의 이야기가 나오기 전에 구체적인 일정까지 못을 박아야 했다.

"28번째 생일을 맞는 12월 23일을 목표로 하고 있어요."

그즈음, 아빠도 더 이상 엄마를 말리지 않으셨다.

사실 엄마는 한참 전부터, 내가 언젠가는 이런 결정을 내리고 말리라는 것을 알고 있었다. 지금도, 이전에도 엄마가 그런 짐작을 입 밖에 낸 적은 없었지만, 나는 확실히 그랬을 거라 생각한다. 엄마는 자신의 어깨를 감싼 아빠의 손을 단호하게 걷

---

1) 마이크로그램 [microgram, Mikrogram]. 1그램의 100만분의 1의 질량. 기호 μg.

어냈다. 아빠의 손은 그때까지도 떨림을 멈추지 못하고 있었다. 엄마는 전혀 단호하지 못한 걸음걸이로 비척이며 화장실로 향했다. 나는 넘어질 듯 위태로운 그 걸음걸음에 시선을 집중했다. 엄마가 한 뼘 남짓한 문지방을 간신히 넘었다. 곧이어 세면대에서 물을 트는 소리가 들렸다. 찰박. 찰박. 거칠게 물을 끼얹는 소리가 성급하게 뒤따라왔다. 엄마는 식탁까지 돌아오는 시간마저 아까운지, 화장실 문 앞에 서서 애써 차분하게 자신의 논리와 주장을 쏟아내기 시작했다.

"너는 초등학생 때부터 고등학교를 졸업할 때까지 1등을 놓친 적이 없으며……"

채 닦아 내지 못한 엄마의 얼굴에서 물인지, 눈물인지 알 수 없는 액체가 떨어졌다. 그리고 또 툭. 툭. 간신히 진정시킨 호흡은 채 한마디를 끝마치기 전에, 막 반환점을 돈 육상선수의 그것처럼 거칠어졌다. 엄마가 급하게 숨을 몰아쉬었다. 화장실 문 위로 버티고 있던 가느다란 손마디는 스타카토의 리듬으로 빠르게 떨렸다. 엄마는 떨림을 진정시키려는 듯 손마디를 하나하나 주물렀다. 그러다 거친 호흡에 떠밀려가는 말의 끄트머리를 간신히 부여잡고, 어렵게 건져 올렸다.

"남들이 다 부러워하는 서울대를 나온 우리 집안의 자랑이다."

28년간 크게 속 한 번 썩이지 않았다는 점. 음주를 즐기고,

교회에 구준히 나오지 않는다는 것을 제외한다면 나무랄 데가 없다는 점. 두 번의 연애를 권태 속에 끝냈지만, 그 상대들이 썩 나쁘지 않았다는 점. 엄마의 후배 선생님들과 교회의 형제자매님들이 나를 위해서 괜찮은 배우자감을 언제든 소개해 줄 수 있다는 점. 그러기에는 내 나이가 아직 어리지만, 그런 것 따윈 준비성이 철저한 나에게는 전혀 문제가 될 게 없다는 점 등등. 권태와 작은 일탈을 제외하면 나무랄 데 없는 지표들. 어떤 삶을 살아야 할지 몰랐기에 주어진 삶을 살아낸 나는, 안락사를 선택하면 안 되는 사람의 신상명세서를 받아들었다.

아빠는 연신 고개를 끄덕이며 엄마의 논리가 흔들리지 않기를 응원했다. 엄마는 내가 살아온 번듯한 인생과 내 앞에 놓인 찬란한 미래에 대한 이야기를 이어갔다. 문득, 오늘 어떤 이야기를 한들 엄마와 아빠를 설득하지 못할 것이란 생각이 들었다. 그래서 나는 그저 묵묵히, 내가 견뎌온 인생과 견뎌내야 할 미래에 대한 이야기를 들었다.

"저 사실 병을 앓고 있어요."

그건…… 그래 재채기였다. 한 번도 생각해 본 적 없던 말이 재채기처럼 불쑥 튀어나왔다. 준비 신호도 없이 말이다. 말의 파편을 찾아 식탁을 둘러보는데, 반찬 그릇에 덩그러니 남은 오이소박이 한 점이 눈에 들어왔다. 나는 눈을 질끈 감았다.

"유전적 질환이에요. TAS2R38이라는……"

1. 오이 유전자

내가 안락사를 결정한 것은 순전히 오이 때문이었다.

3개월쯤 거슬러 올라간 겨울의 어느 날이었다. 저녁 9시가 넘어서까지 지루하게 이어진 프로젝트 회의가 끝나고, 늦은 저녁 겸 시작된 술자리는 새벽 1시가 넘어서까지 계속되었다. 3차로 찾은 곳은 팀장의 단골 바였다. 그가 신입 시절부터 선배들을 따라 드나들었던 바는, 유행에 따라 계절마다 옷을 갈아입는 골목에서 빛바랜 얼룩처럼 묵묵하게 자리를 지켜왔다고 한다. 바의 한쪽 벽면을 가득 채운 거대한 스크린에서는 퀸의 라이브에이드 콘서트 영상이 지루하게 반복되었다. 문틈으로 스며드는 겨울바람에 오래된 나무문이 이따금 덜컹거렸다. 그럴 때마다 테이블에 놓인 촛불은 불안한 듯 흔들거렸다. 나는 그때 그 양초와 은밀한 내기를 하는 중이었다. 촛불이 꺼지면 자리에서 일어나고 말리라. 그러나 곧 꺼질 것처럼 비틀거리던 불안은 끈질긴 생명력으로 스스로를 태워 가고 있었다. 솔직히 말하자면 한참 전에 일어날 수도 있었다. 그러나 하필이면 이번 프로젝트를 마지막으로 인턴 기간이 종료되는 세미의 마지막 회식이기도 해서, 부득이하게 지금까지 버티고 있던 것이다. 절대. 하루 종일 온갖 고민과 걱정에서 한 바퀴도 벗어날 수 없었던 생각이, 알코올을 만나 느슨하게 퍼지는 감각에 안도감을 느껴서 그랬던 것이 아니다.

  늘 그렇듯이 그날의 이야기도 대체로 박홍식 과장이 주도했다. 자연스럽게 대부분의 이야기는 회사에 대한 불평불만으로 이어졌다. 그러는 와중에 그는 '이런 지독한 업계를 떠나게 되어 다행'이라며 세미를 향해 위로 아닌 위로를 보냈다. 사실상 직원 전환이 되지 않아 회사를 그만두게 된 세미는 차마 긍정도 부정도 하지 못한 채 맥주잔의 주둥이가 닳도록 쓰다듬기만 할 뿐이었다. 술자리를 방황하는 세미의 눈과 촛불에 몰두해 있던 나의 눈이 마주쳤다. 나는 세미를 위로하고 싶었다. 그러나 너무 지쳤고 한편으론 그 모든 것들이 무의미하게 느껴졌기에, 그저 미간에 주름 몇 조각만을 찡긋 만들어 보였다. 세미는 그것만으로도 충분히 의미를 읽어낸 듯 희미한 미소로 화답했다.

퀸의 노래가 몇 곡 더 이어지고, 알레시아 카라의 'I Choose'가 실내를 나른하게 채울 즈음이었다. 테이블 위에 뒤집어놓은 스마트폰에서 진동음이 울렸다. 꼭 새벽 2시쯤에 맞춰 화장실을 가는 엄마가, 아직 귀가하지 않은 딸의 부재를 확인하고 보내는 독촉장일 것이다. 나는 귀찮기도 해서 스마트폰을 집어 드는 대신 맥주잔에 손을 뻗었다. 지이잉- 지이잉- 진동은 전염성이라도 가진 것처럼 순식간에 박 과장과 세미, 진경 대리, 그리고 팀장의 스마트폰에까지 이어졌다. 불현듯 문틈으로 강한 바람이 새어 들어왔고, 촛불이 꺼지지 않는 것이 신기할 정도로 요란하게 휘청거렸다. 목덜미에 서늘한 한기가 스쳤다. 나는 맥주로 향하던 손을 우회해 스마트폰으로 가져갔다. 그러나 문자의 내용을 채 확인하기도 전에, 진경이 깜짝 놀라 신음인지 딸꾹질인지 알 수 없는 기묘한 소리를 내며 당혹감을 표출했다. 뒤이어 박 과장이 한숨처럼 나지막하게 문장을 내뱉었다.

"총무팀 양민지 차장님이 돌아가셨다는데요……"

어디로? 정처 없는 복귀 소식에 순간 생각의 회로가 멈췄다. 머릿속에서 얇은 박엽지 재질의 사전이 샤라락- 소리를 내며 넘어갔다. 부고(訃告). 박 과장이 내뱉은 말의 진정한 의미를 깨닫기까지 오랜 시간이 걸리지 않았다. 지끈하게 머리를 누르고 있던 취기가 갑자기 확 가시는 느낌이 들었다. '도대체 왜?'라는 본질적인 물음 뒤로 속물적인 생각들이 밀려왔다. 가장 먼저 뒤따른 것은 내일 하나와 함께 가기로 한 맥스달튼의 전시회에 대한 것이었고, 뒤이어 입을 만한 검은 옷이 있는지에 대한 걱정이 따라왔다. 나는 그 짧은 시간에 거기까지 내달린 생각에 지독한 환멸을 느꼈다. 혹시라도 나의 속물적인 생각을 들킬까 봐 두려워 고개를 숙였다. 그리곤 단체 카톡방의 부고 문자를 조심스럽게 확인했다.

[삼가 고인의 명복을 빕니다]
- 고인: 故 양민지 님
- 빈소: 화성시 부림병원 장례식장 3호실(B1)
- 발인: 2022년 12월 11일(일)
※ 황망 중에 있어 직접 연락드리지 못함을 넓은 마음으로 헤아려
  주시길 바랍니다.

팀장이 박 과장을 향해 검지를 두어 번 돌려 보였다. 무언의 신호가 떨어진 그 몇 분 동안 박 과장의 손이 분주해졌다. 이내 한숨을 길게 뱉어낸 박 과장이 스마트폰을 테이블에 올려놓고 큼- 큼- 하고 헛기침을 했다. 좌중의 시선이 본인에게 모인 것을 확인한 그가 수집한 첩보를 늘어놓았다.
"다들 잘은 모르겠다고 하는데 그 팀 황 과장 말로는, 양 차

장님 스스로 목숨을 끊으신 것 같답니다."

'참, 이건 우리끼리만 아는 이야기입니다' 박 과장은 그렇게 덧붙이고는, 테이블 위에 올려놓은 스마트폰과 전자담배를 챙겨 들고 덜컹대는 문을 향해 걸음을 옮겼다. 그러는 순간에도 그의 손은 멈출 줄을 몰랐다. 우리끼리만 아는 이야기를, 그 이야기 속 우리의 범주를 확장해 나가는 것이리라. 조건반사와도 같은 복잡한 상념들이 지나간 후, 꽤나 큰 상실감을 느끼는 나를 마주했다. 적어도 내가 아는 양 차장님은 결코 그런 선택을 할 만한 사람은 아니었다. 40대 초반의 나이에 작고 하얀 얼굴. 그래서 본인의 나이대보다 한참은 어려 보이는 사람. 경력직의 이동이 잦은 이 광고판에서, 물론 지원 업무라곤 하지만 10년 이상 근속하며 묵묵히 자기 자리를 지켜 온 사람. 나는 그런 그녀를 보며, 가끔 크기가 아닌 견고함으로 나이테를 채워온 나무 같다는 느낌을 받았었다. 그러나 그것은 그저 무언가를 위한 가면이었을까? 업무적인 만남 이외에는 두어 번 점심을 같이한 게 전부였지만, 나는 그녀에게 나름의 호감을 가지고 있었다. 사실 '내가 10년 더 나이를 먹는다면 저런 느낌 아닐까?' 라고 생각한 적이 있었는데, 그런 탓에 그녀와는 오히려 친해지기 어려웠을 것으로 생각한다.

토요일 오후에 잡혀있던 하나와의 약속을 취소하고, 진경을 포함한 동기들과 함께 장례식장을 찾았다. 화성에서도 한참을 더 들어간 공장지대에 위치한, 오래된 병원의 장례식장은 유난히 작고 어두웠다. 점심을 막 지난 탓인지 손님조차 얼마 되지 않아 쓸쓸한 느낌마저 감돌았다. 나는 전날 마신 술이 아직 깨지 않은 탓인지, 아니면 그 갑작스러운 죽음에 당혹감을 느끼는 탓인지 마치 꿈속에 있는 듯 기묘한 느낌을 받았다. 다른 일행들도 마찬가지였는지 한동안 '정말 믿기지 않아'라는 말만 반복했다. 헌화하는 동안 어떤 말이 위로가 될 수 있을지, 그 어떤 말이 그런 무게를 감당할 수 있을지 한참을 고민했다. 그러나 양 차장님의 어머니를 마주한 순간 연습했던 수많은 말들은 의미를 잃었다. 나는 어떠한 말도 할 수 없을 것으로 생각했다. 그러나 내가 의식하지도 못한 순간에, 이유조차 알 수 없는 말이 쏟아져 나왔다.

"죄송해요."

도대체 왜 그 말을 했는지 알 수 없다. 그것은 무엇에 대한 사과였을까? 그녀가 표정 없이 손을 뻗어 내 손을 붙잡았다. 굳은살이 내려앉은 거칠고 투박한 손, 그 손이 국화꽃 한 송이조차 건사하지 못할 정도로 힘없이 떨리고 있었다. 괜찮아요. 하얗게 갈라지고 튼 입술이 나를 위로했다. 무언가 알 수 없는 감정이 왈칵 피어났다. 그녀는 사과의 이유를 알기는 했던 걸까? 무엇이 괜찮다는 것일까? 수많은 물음표가 스쳐 갔다. 그 순간, 나는 본능적으로 꽤 오랫동안 그 손의 감촉을 잊지 못할 것 같다고 생각했다.

육개장과 돼지머리 편육, 오이김치, 한 접시에 적당히 담아 놓은 나물들, 몇 종류의 떡과 방울토마토가 우리 앞에 차려졌다. 여태 먹은 거라곤 오는 길에 차에서 마신 커피 한 잔이 다였던 참이라 배가 고프긴 했지만, 도저히 무언가를 먹을 수 있는 기분이 아니었다. 다른 사람들도 마찬가지였는지 젓가락으로 애꿎은 반찬만 뒤적일 뿐이었다. 마찬가지로 우리는 마땅히 할 말조차 찾기 어려워했다. 그러다 문득 오이김치를 노려 보던 진경이 조심스레 입을 열었다.

"그거 알아? 양 차장님, 오이를 못 먹는 거?"

처음 듣는 이야기에 나는 고개를 저었다.

"몇 달 전에 양 차장님과 밥을 같이 먹었어. 우연히 엘리베이터에서 마주쳤는데, 마침 둘 다 점심 약속이 갑작스레 깨진 참이었거든. 그 전부터 점심 한 번 같이하자고 지나가는 말로 안부를 묻던 사이라, 마침 기회다 싶어서 같이 나갔어. 우리 지난주엔가 갔던 태국음식점 기억하지? 공영주차장 뒤쪽에 있는, 거기였어. 조금 기다릴 생각으로 갔는데 운 좋게 자리가 있더라고. 나는 팟타이를, 차장님은 나시고랭을 시켰던 것 같아. 사이드로 오이를 넣은 솜땀이 나왔어. 그런데 그게 너무 상큼하고 맛있는 거야. 그래서 양 차장님께도 권했지. 근데 정말 질색하시더라고. 막 이렇게."

진경은 두 손을 들어 그때의 양 차장님을 따라 해 보였다. 그리고 나선, 젓가락을 들어 오이김치를 여러 차례 뒤적였다. 그러는 손이 몹시도 떨리고 있었다.

"진경 씨, 저는 오이를 못 먹어요. 그렇게 말하시곤, 갑자기 유전자에 대해 이야기하셨어. 너무 뜬금없고 이상한 이야기라서 그런지 오히려 더 생생하게 기억이나. 글쎄 TAS2R38이라는 유전자가 있는데, 그 유전자가 쓴맛에 민감한 PAV 타입과 둔감한 AVI 타입으로 나뉜다는 거야. PAV 타입은 AVI 타입에 비해 쓴맛을 100~1,000배 정도 더 느끼는데, 연구 결과를 보면 오이를 싫어하는 사람들이 바로 이런 PAV 타입일 가능성이 크다며.[2] 신기하지? 결론적으로, 본인은 오이를 그냥 싫어하는 게 아니라는 거지."

진경은 여기서 잠깐 뜸을 들였다.

"단순히 싫은 게 아니라, 과학적으로 싫은 거래. 자기 의사와는 상관없이 정해진 거라며……"

나는 그것이 그저 장례식장에서 의례적으로 하는 고인과의 추억, 혹은 별난 기억에 대한 이야기라고 생각했다. 물론 그 이야기를 하는 진경의 표정이 한눈에 봐도 이상하다 싶을 정도로 어두워지긴 했지만 말이다. 나는 '그랬구나'라는 추임새

2) 미국 유타대학교 연구팀(2016)

를 넣을 뿐 별다른 의미 부여를 하지 않았다. 때마침 회사 사람들이 단체로 들이닥치는 바람에 이야기는 거기서 끝이 났다.

조문이 끝나고 집으로 오는 길에는 진경의 차를 얻어 탔다. 진경의 운전은 몹시도 거칠었다. 좁은 데다 포장이 군데군데 벗겨진 공단의 도로를 빠져나와야 하는 탓에 차는 투덜대듯 털거렸다. 잠깐 이동했을 뿐이지만 멀미가 날 것 같았다. 창을 조금 내리자 아릴 듯이 차가운 바람이 차내로 거칠게 쏟아졌다.

"근데,"

한동안 입을 꾹 다물고 있던 진경이 어디서부터 이어지는지 모를 말을 시작했다. 나는 창밖을 멍하니 바라보다가 진경에게 눈을 돌렸다. 당황스러웠다. 울고 있었다. 진경은 내 시선을 의식하곤, 더더욱 감정이 격해졌는지 이내 오열하기 시작했다. 그러다 더 이상 운전을 할 수 없는 지경이 되었다. 진경이 급하게 핸들을 돌려 폐업한 공장의 입구로 향하는 진입로에 차를 세웠다.

"근데, 여름아. 근데…… 근데……"

진경의 말은 계속해서 같은 곳을 맴돌았다. 그러다 변덕스러운 겨울의 바람처럼 거칠게 쏟아내 졌다. 나는 지금도 그때의 그 분위기와, 삼분의 일쯤 열린 문틈으로 쏟아지던 겨울바람의 차가운 냉기와, 그 소란스러움과 진경의 눈물을 생생히 기억한다. 물론, 진경이 그 이후에 내뱉은 말의 토씨 하나까지.

"그날, 그 이야기가 끝나기 전에 이상한 말을 하셨어."

진경은 크게 심호흡했다.

주어는 없었지만, 나는 그것이 양 차장님에 대한 이야기라는 걸 단번에 알 수 있었다.

"자기에게는 삶이 유난히 쓰다고. 그래, 마치 그 오이처럼. 왜 그랬을까? 왜 나한테 그런 이야기를 했었을까? 설마, 그때부터 이미 결심이 서 있으셨던 걸까?"

진경은 오열하며 '내 잘못이야'라고 한참을 되뇌었다.

"그때 누군가에게라도 말해줬어야 했는데. 어떻게든 도움을 줬어야 하는 건데."

울음은 한참이나 계속되었다. 그러는 동안 나는 진경의 등을 쓸어주며, 괜찮아. 괜찮아. 양 차장님의 어머니가 나에게 그러셨던 것처럼 방향 없는 말을 되뇌었다. '내 잘못이야'라는 오열은 어느새 '죄송해요'로 바뀌어 있었다. 죄송해요. 죄송해요. 살풀이하듯 한참을 쏟아내는 말에, 나는 기시감을 느꼈다.

그해 연말은 비교적 평화롭게 지나갔다. 크리스마스에는 비가 왔고, 남은 연차를 털어낸 연말의 긴 휴가 동안에는 겨울잠을 자듯 비몽사몽 거실과 침대를 오가며 보냈다. 연초에는 고등학교 동창인 주희, 하나와 함께 2박 3일간 대만 여행을 다녀왔다. 옆 팀 동기의 소개로 두 번의 소개팅을 했다. 생각해 보면 이때가 내 일상이 비교적 평화롭던 마지막 시기였다.

두 번째 소개팅남의 애프터 신청을 받고 신사동에 있는 이탈리안 레스토랑에서 점심을 했다. 외모가 내 스타일은 아니었지만, 나름대로 이야기가 잘 통했기에 그럭저럭 나쁘지 않은 시간을 보내고 있었다. 이런 만남이 몇 번 더 지속된다면, 한동안 겨울잠을 자고 있는 연애 세포가 얼마간은 돌아오지 않을까? 라는 생각이 들 즈음. 아무 생각 없이 반찬으로 나온 오이피클을 입으로 가져갔다.

아삭. 신선한 소리와 함께 지독히도 역겨운 쓴맛이 입안을 가득 채웠다.

표정을 유지하기 어려울 정도의 역한 맛에, 냅킨을 들어 그것을 뱉어냈다. 맞은편에 앉아있던 그가 걱정스러운 표정을 지으며 '괜찮아요?' 라고 물어왔다. 오이의 역한 쓴맛과 그의 다정한 물음이 화학작용을 일으켰다. 내장 깊은 곳에서부터 울컥하고 뭔가가 올라오는 느낌이 강하게 들었다. 나는 뭔가가 단단히 잘못되어가고 있다는 것을 느꼈다. 혹시나 하는 마음에, 정말 혹시나 하는 마음에 피클을 한 점 더 베어 물었다. 나는 구역질을 하듯 그것을 파스타 접시에 뱉어내고 말았다. 다정했던 물음은 걱정과 불편을 담아 다시 건네졌다. 갑자기 눈시울이 뜨거워졌다. 그제야 나는 꼭 두 달 전쯤 있었던, 의도적으로 생각하지 않으려 했던 양 차장님의 장례식을 떠올렸다. 꺼질 듯 흔들리던 촛불과 전염되듯 울리던 문자의 진동음. 눅눅하고 퀴퀴한 바를 가득 채우던 오래된 노래와 그녀의 부고. 쓸쓸한 장례식장. 그녀의 어머니가 짓던 표정 없는 슬픔. 거칠고 투박한 손. '죄송해요'라고 한참을 되뇌던 진경의 울음까지. 그 모든 것이 파도치듯 밀려왔다. 진경이 말해주었던 이름조차 기억나지 않는 그 오이 유전자가 그날, 거기서 전염된 것일까…? 아니, 유전자라면 사실상 그것은 내 안에 잠재되어 있었을 것이다. 나는 지금까지 내가 겪어왔던 시련들, 이유조차 알 수 없었던 불안과 걱정의 근원에 다다른 느낌이었다. 이 초록색의 작고 쓴 트리거를 통해 숨겨놓고 있던 진실에 다다른 셈이었다.

왈칵. 수도꼭지가 터진 것처럼 눈물이 볼을 타고 흘러내렸다. 나는 의자 옆에 걸어두었던 가방을 황급히 집어 들고, 넘어질 듯 비틀대며 일어섰다. 나를 부축하려 일어선 그에게 죄송해요. 죄송해요. 한참을 사과하곤, 그의 손을 뿌리친 채 밖으로 뛰쳐나왔다. 뼛속까지 스며드는 추위였지만, 기묘하게도 비와 눈이 섞여 내리고 있었다. 나는 우산조차 없이 그 신사동 거리를 한참이나 방황했다. 방황하던 발길은 도산공원으로 이어졌다. 나는 인적 없는 공원의 벤치에 쓰러지듯 주저앉

앗다. 입안에선 아직도 쓴맛이 강하게 느껴졌다. 나는 입을 크게 벌려 내리는 눈과 비를 아이처럼 받아먹었다. 그럼에도 쓴맛은 여전히 남아있었다. 아니, 오히려 점점 더 진해졌다. 빗물인지 눈물인지 알 수 없는 액체가 볼을 타고 내리며 얼굴을 하염없이 적셨다.

그래, 그것은 오이 때문이 아니었다.

2. 죽음의 범주

"저희가 취급하는 분야가 아니라서요……"

가족들을 설득하는 것과 별개로, 보다 현실적인 장애물이 내 앞에 놓여있었다. 어떤 변호사도 나의 죽음을 수임하려 하지 않았다. 거절의 이유는 다양했지만 대체로 어렵고, 쉽지 않은 문제이며, 선례가 없다는 말로 귀결되었다. 심지어 존엄사에 대해 지지하는 칼럼을 게재했던 변호사 역시 같은 답변이었다. 정신적으로나 육체적으로 극복하지 못할 질환을 앓고 있지 않은, 아직 젊음의 범주에 속하는 나의 죽음은 어떤 방식으로든 존엄할 수 없었다.

"어려울 것 같아요."

8번째 거절을 당하고 전화를 끊으려던 참이었다.

"그런데……"

말의 꼬리가 문턱에 걸렸다. 그즈음의 나는 연이은 거절에 지칠 대로 지쳐있었다. 때문에 이런 류의 접속사로 시작되는 문장을 경계할 수밖에 없었다. 마침 조금 전에도 '그런데'로 시작해 '아직 젊은 사람 같은데 왜 그런 선택을 하나요?'로 이어지는 설교를 한참이나 들었던 참이다. 설교의 마지막은 교회에 나와 보는 게 어떻겠냐는 제안이었다. 자신의 딸 같아서 하는 이야기라고 했었다. 때문에 이번에도 '그런데'라는 꼬리가 삐져나왔을 때, 나는 바로 전화를 끊을까 고민했다. 그러나 조금이라도 희망을 걸어보기로 했다. '그런데'에서 느껴지는 묘한 떨림 때문이었으리라.

"네?"

"저희는 어렵지만 도와줄 수 있는 분을 알아요."

9번째 로펌은 교대역 9번 출구에서 10분은 더 들어간 뒷골목에 있는, 오래된 빵집 건물 3층에 자리하고 있었다. 사무실은 좁았고 바닥에 깔린 오래된 카펫 탓에 퀴퀴한 냄새가 났다. 작은 창으로 쏟아지는 햇살의 궤적에 먼지 무리가 반짝였다. 상담직원의 안내에 따라 변호사의 사무실로 안내되었다. 좁고 어두운 방에 벽을 빼곡하게 채운 전문 서적들. 대학 시절 몇 번 들어가 본 적 있는 교수의 연구실 같은 분위기였다. 은테안경을 눌러쓴 현준석 변호사가 상담 테이블에 앉아 나를 기다리고 있었다. 주름진 이마와 회색빛의 머리 아래에서 섬뜩할 정도로 맑은 눈이 나를 빤히 주시했다.

"국내에서는 불가능해요."

대답은 명쾌했고, 거절은 단호했다. 아니. 나는 그의 말을 곱씹어 보았다. 불가능해요, 국내에서는…… 국내에서는…… 그것은 거절의 표시가 아니라 우회적 승낙의 표시였다. 나는 이미 여러 방식으로 충분히 조사해 봤으며, 그래서 그쯤은 알고 있다고 답했다. 그는 그렇다면 다행이라며, 말이 통하겠다며 본격적으로 안락사가 가능한 국가와 그에 필요한 절차들을 설명하기 시작했다. 그는 내가 왜 죽으려는지, 무엇이 나를 죽음으로 내몰았는지에 대해 묻지 않았다. 나는 그의 철저히 개인주의적이며 비즈니스적인 태도가 마음에 들었다.

"혹시 회복하지 못할 질환을 앓고 있나요? 육체적으로나 정신적으로?"

그는 이러한 절차가 익숙한 듯, 문진표를 작성해 나가는 간호사처럼 문답을 정리했다. 그리곤, 세월의 흔적에 색이 바랜 낡은 노트에 상담 내용을 빼곡하게 적어 내려갔다. 나는 다행히 육체적으로도, 정신적으로도 큰 문제는 없다고 말했다. 그는 오답을 발견하고 노트에 X자를 써넣었다. 그러곤 나를 빤히 바라보며, 이런 경우에는 '큰 문제가 없는 것이 오히려 문제가 된다'고 이야기했다. 그럴듯한 이야기였다. 대체로 우리의 삶은 이러한 역설적인 자기모순에 놓여있으니까. 나는 동의한다는 표시로 짧게 고개를 끄덕였다.

"국제적으로도 안락사에 대한 결정은 굉장히 어렵고, 까다로운 절차를 통해 극히 일부의 사람들에게만 허가됩니다. 특히 벨기에나 네덜란드, 그 외 일부 유럽 국가에서 안락사 제도를 시행하고 있지만 내국인에 한정된 상황이고요."

그는 펜의 뒷부분으로 조금 전 써넣은 X자 표시에 조심스럽게 노크하며, 내 선택이 쉽지 않은 길임을 강조했다. 나는 그의 반응을 살피다가 다른 방법을 알고 있다고 말했다.

"물론 외국인에게도 안락사를 허용하는, 스위스 같은 예외적 국가가 있기는 하죠."

그가 말했고, 나는 고개를 끄덕였다.

"그런데 너무 까다로워요. 마찬가지로 회복하기 힘든 질환을 가진 이들만을 대상으로 하고, 그 심사 절차도 굉장히 복잡합니다. 그런데 의뢰인 분은 육체적으로도, 정신적으로도 다행히 큰 문제가 없잖아요?"

그는 그러면서 나를 다시 한번 쓱 훑어보았다. 그 시선에는 뭔가를 탐색하거나, 평가하거나, 혹은 난처하게 만들려는 의도는 보이지 않았다. 그가 태생적으로 따뜻한 사람이라는 게 본능적으로 느껴졌다. 나는 이번에도 같은 말을 되풀이했다.

"다행히도 다른 방법을 알고 있어요."

나는 가방에서 태블릿을 꺼내 영문으로 된 홈페이지를 보여주었다. 바닥까지 훤히 보이도록 맑은 에메랄드빛 바다 위에 떠 있는 섬. 자연적인 것으로 보이지 않는 정사각형의 경계선 위로 건물이 빼곡히 들어차 있었다. 기이한 섬의 사진 상단에는 무심하게 흘려 쓴 필기체로 'Welcome to Nowhere Island'가 투박하게 적혀 있었다. 그는 태블릿을 제대로 보지도 않았다. 그러면서 긍정인지 부정인지 의미를 읽을 수 없는 태도로 고개를 저었다. 그가 이마를 찡그린 채로 말을 이어나갔다.

"맞아요. 이게 유일한 방법이라고 할 수 있죠. 그런데, 비용이 상당할 텐데……"

나는 그의 뒤로 쏟아지는 햇살에 먼지가 반짝이는 것을 바라보았다. 그가 성자처럼 느껴졌다. 8번의 거절 뒤에 찾아온 9번째 성자. 그의 망설임은 분명 긍정의 표시였다. 나는 반짝이는 먼지를 한참이나 바라보다가 천천히 고개를 끄덕였다.

"후회하지 않겠어요?"

나는 다시 한번 고개를 끄덕였다.

그는 또다시 긍정인지 부정인지 알 수 없는 표정으로 고개를 저었다. 그의 태도와 표정은 지금도, 그리고 이후에도 언제나 긍정과 부정을 동시에 담아내고 있었다. 그는 어려운 말을 준비하는 사람처럼 노트를 뒤적였다. 한참을 그렇게 있던 그가 조심스럽게 입을 떼었다.

"오늘 상담은 여기까지입니다. 몇 가지 준비해야 할 서류들이 있어요. 준비가 다 되면 밖에 있는 사무장에게 연락해서 날짜를 잡으세요. 그리고 여기로 오세요. 가급적, 아니 절대로 오늘 여기서 나눈 이야기는 다른 사람들에게 말하지 마시고요."

나는 알았다고 말하며, 고개를 깊이 숙여 인사했다. 자리에서 일어나 문을 나서려는 찰나.

"잠시만요."

"네?"

"몇 가지 여쭤보고 싶은 게 있습니다. 상담의 목적은 아니니, 거절하셔도 됩니다."

그 역시 '그런데'로 이어지는 이야기를 준비하고 있는 것은 아닌지 문득 걱정되었다. 교회나 절, 아니 병원에 대한 이야기일까? 나는 망설였다. 변호사로서의 그는 나의 죽음을 철저히 비즈니스적인 태도로 대해주었다. 나는 그것이 마음에 들었다. 그러나 개인으로서는 다른 생각일까? 한참을 고민했다.

문손잡이를 잡은 채 거절의 단어를 생각했다. 마땅한 단어가 생각나지 않았다. 그래서 하는 수 없이 대답했다. 네. 그가 다시금 자리를 권했고, 나는 자리에 앉아 그를 또다시 마주했다. 한참을 고민하던 그가 입을 열었다. 마찬가지로 긍정인지 부정인지 알 수 없는 표정이었다. 그러나 그의 목소리에서 느껴지는 온기에서 나는, 이것이 그를 위한 궁금증이 아니라는 것을 느꼈다. 순전히 나를 위한 물음표였다.

"가족들에게는 이야기하셨어요?"

나는 머뭇거렸다. 그것은 불편하고 어려운 질문 중에서도 가장 어려운 질문이었다. 차라리 왜 죽으려는지 물었다면, 순전히 오이 때문이라고 이야기할 수 있었을 것이다. 나는 머리를 긁적였다.

"사실 아직 반대하고 계세요. 이제 얼마나, 어떻게 더 설득해야 할지도 모르겠고……"

마침 오늘 아침에도 엄마를 설득하기 위해, 식탁 위에 편지를 남겨두고 온 참이었다. 벌써 25번째나 이어진 장문의 편지에도 엄마는 전혀 흔들리지 않았다. 본인을 설득하기 위한 조금의 틈도 주지 않겠다는 듯 의도적으로 나를 피해 다녔다. 최근에는 집에 있는 시간조차 현저히 줄어들어 마주치기조차 힘든 지경에 이르렀다.

"자식의 죽음에 설득될 수 있는 부모는 없어요. 단단히 각오하셔야 할 거예요."

"무엇을요?"

"전쟁이요."

"이미 전쟁 중인걸요……"

"그 전쟁 말고요."

"그럼…?"

"의뢰인의 부모님이 앞으로 직면해야 할 전쟁이요."

그가 눈을 감고, 손가락으로 테이블을 두드렸다. 눈을 감은 그의 얼굴에서 깊은 고뇌가 오롯이 느껴졌다. 그가 조심스럽게 말을 이었다.

"시민단체와 언론들이 가만있지 않을 겁니다."

그러면서 그는 당사자가 없는 상황에서 부모님이 감내해야 할 비난과 비판, 온갖 종류의 어려움에 대해 나열하기 시작했다. 마치 경험이라도 한 사람처럼…… 나는 단순히 변호사의 직업적 감각이라 생각하며 그의 이야기에 집중했다.

"특히 종교단체 입장에서는 도저히 용납할 수 없는 일이라 저항이 상당할 거예요. 그들의 입장에서는 너무도 당연한 반응이죠. 아마 온갖 방법을 다 동원할 거예요. 언론과 유튜버, 그 외의 대안 미디어들도 가만있지 않을 거고. 정치인들은 돈이 되고, 표가 되는 종교계의 손을 들어줄 가능성이 커요."

"그렇지 않아도 뜨거운 안락사 찬/반 논쟁에 기름을 붓는 거긴 하니까요."

"안락사에 대한 기본적인 찬/반 논쟁과는 별개로, 그 과정에서 의뢰인의 안락사에 대한 말도 안 되는 서사가 쌓일 겁니다. 엉터리 댓글이 달리고, 허위제보가 이어지고…… 다시 유튜브와 언론이 그것들을 확대·재생산 할 거예요."

그는 그러면서 '젊은 여성의 안락사'라는 자극적 결말 앞에 악의적으로 쌓아 올린 서사들, 소설과도 같은 문장들을 늘어놓았다. 외도하는 유부남과 섹스 비디오. 가정폭력의 트라우마와 연쇄살인의 증거인멸, 종말론이나 이단 숭배 같은 말도 안 되는 서사들이 나름의 증거와 근거, 나와는 말 한 번 섞어보지 않은 증인이라는 사람들에 의해 차곡차곡 쌓여간다. 결국 이러한 거짓된 서사는 그 결말에 도달하지 못하겠지만, 사람들은 그런 것 따위 신경 쓰지 않을 것이다.

"결국, 어떤 결말에 가 닿건 비이성적 선택을 한 돌연변이 따위로 기억될 거예요."

어느 정도 각오는 했으나 내 앞에 놓인, 아니 정확히는 가족과 지인들 앞에 놓인 구체적이고 폭력적인 가시밭길에 대한 설명을 듣자, 블라우스의 단추를 끝까지 채우고 거기에 두 개쯤 더 달아 채워버린 느낌을 받았다. 나는 아무것도 없는 목을 어루만지며, 혹시나 하는 질문을 던졌다.

"그러다 말지 않을까요……?"

"도움이 되고자 하는 이들이 등장할 거예요."

"다행이네요."

"아뇨, 꼭 다행이라고 보기 힘들어요. 어떻게 보면 불행이죠. 의뢰인의 죽음을 기점으로 해서 공론화를 유도할 거고, 이슈가 확전이 되면서 의뢰인의 사례가 계속해서 불려 나오겠죠. 부모님에게는 그럴 때마다 비난이 이어질 거고요. 조용히 잊혀질 권리마저 없는 거죠."

"어렵네요."

"의뢰인에겐 죽음이 끝이겠지만, 부모님의 이야기는 그때부터 시작될 거예요."

나는 어느 저녁, 다큐 프로그램에서 보았던 전태일 열사의 어머니를 떠올렸다. 수많은 노동운동가가 모인 연단에 서서 그 작은 몸으로 목이 터져라 외치는 그분의 얼굴에, 엄마의 얼굴이 오버랩 되었다.

그날 저녁 나는 꿈을 꾸었다. 광활한 연단에 엄마와 아빠가 서있다. 두 사람은 목이 터져라 무엇인가를 외치지만 어떤 소리도, 어떤 주장도, 누구에게도 가닿지 못한다. 적의에 찬 수많은 눈동자만이 침묵 속에서 그들을 주시하고 있다. 마찬가지의 경멸과 악의를 담은 렌즈들이 번쩍이며 두 사람을 난도질했다. 내가 눈두덩을 붉게 물들이는 강한 빛에 깜짝 놀라 눈을 떴을 땐 이미 아침이었다.

나의 죽음이 짐이 될 수밖에 없는 상황 속에서, 나는 또다시 길을 잃어버린 느낌을 받았다.

3. 노웨어 아일랜드[Nowhere Island]

노웨어 아일랜드는 세계에서 인구밀도가 가장 높은 섬이다.

콜롬비아의 산 베르나르도 제도에 위치한 이 인공 섬의 면적은 축구장 10개의 넓이가 채 되지 않았는데, 무려 1만 명이 넘는 주민이 이곳에 모여 살았다. 그들의 삶은 좁고, 낡았으며, 층층이 쌓아 올린 조잡한 다가구 주택에 아스라이 걸려있었다. 섬사람들 대부분은 어획과 양식으로 생계를 꾸려 나갔고, 섬 면적의 10분의 1을 차지하는 대규모의 어시장은 이곳의 명물이 되었다. 작지만 학교며 교회, 병원, 심지어 남미 사람들의 삶에서 빼놓을 수 없는 축구장까지 있었다. 사실 축구장은 이 작은 섬에 너무도 큰 사치였지만, 섬사람들은 삶의 낙인 축구를 위해 자신들의 생존 공간을 1/10쯤 떼어놓는 과감한 결정을 내렸다. 다만 실제로는 1/10보다 꽤 작았는데 그들이 현명하게도 관람 공간을 따로 두지 않은 탓이었다. 인근 주택과 교회, 병원의 창문과 옥상이 관람석이 되어주었다. 섬이 주는 묘한 매력에 언제인가부터 세계 각지의 배낭여행객이 몰려들기 시작했다. 그들의 입소문을 통해 더욱 많은 관광객이 다녀갔다. 축구장 10개 남짓한 크기의 섬은 어느새 조국 콜롬비아에 수많은 외화를 벌어다 주는 보물섬이 되었다.

그러나 관심의 무게 탓이었을까? 섬은 어느 순간부터 가라앉기 시작했다. 사실을 말하자면 섬은 그대로 있었다. 다만 지구온난화로 인해 해수면이 상승함에 따라, 원체 고도가 낮은 인공 섬이었던 노웨어 아일랜드가 매년 0.2cm씩 잠기고 있을 뿐이었다. 바다는 섬을 조금씩 갉아먹기 시작했다. 마찬가지의 방식으로 주민들의 삶 역시 갉아 들어갔다. 그즈음 '지구온난화에 의한 해수면 상승'이라는 명확한 과학적 사실과는 별개로 섬을 둘러싼 온갖 루머가 퍼지기 시작했다. '섬 주민들의 근친과도 같은 폐쇄적인 성관계로', '육지에서 도망친 범죄자들이 정착해서 만든 섬이라서', '주민들과 관광객의 배설물이 감당하기 힘들 정도로 쌓여서' 등 사람들의 상상 속에서 섬은 기상천외한 이유로 가라앉고 있었다. 그러는 동안 관심은 썰물과도 같이 빠져나갔다. 보물섬은 원래 그들이 있었던 자리를 찾아가는 것처럼, 순식간에 빈털터리 섬으로 돌아왔다.

　주민들은 정부에 대책 마련을 촉구했다. 그러나 이 섬은 태생적으로 불법적이었으며, 주민들 역시 온전한 거주권이 없는 '불법 점유인'으로 분류되어 있었다. 결국 정부로부터 어떠한 대책도, 지원도 받을 수 없는 처지에 이르렀다. 그러는 동안에도 섬은 계속해서 가라앉았다. 결국 주민들은 선택의 기로에 섰다. 콜롬비아의 국민으로서 섬을 버리고 다른 지역에 정착하거나, 섬의 주민으로서 섬과 함께 가라앉거나.

　그들은 생각보다 강한 사람들이었다. 선조 대대로 이어져 온 삶의 터전을 지키기 위해. 자신들의 현재와 아이들의 미래를 지키기 위해. 그들은 국가를 버리기로 결정했다. 2007년 12월 23일, 그들은 콜롬비아 헌법의 허점을 이용해 국가 독립을 선포하였다.(불법점유물로 분류된 토지와 별개로 선박과 가구, 집기 등의 개별 재산을 국가가 제대로 보호해 주지 못한 것이 주된 쟁점이었다) 그렇게 노웨어 아일랜드는 세계에서 인구밀도가 가장 높은 섬에서, 인구밀도가 가장 높은 국가가 되었다. 이후, 그들은 자신들만의 독특한 국가 비전 및 헌법 체계를 선포하였다.

　선포된 국가 비전은 '생존'이었다. 그들은 섬의 외곽부터 서서히 잠식해 오는 해수면의 위협에 맞서 육지에서 흙과 모래, 석재 등을 공수해 오기 시작했다. 목표는 현 추세로 해수면이

상승하더라도, 향후 1,000년은 거뜬히 버틸 수 있는 해발고도를 확보하는 것이었다. 그들은 매년 섬의 1/10에 해당하는 지역을 2m 높이로 쌓아 올리는 대공사를 시작했다.

그러나 이런 대공사를 수행하기에 그들은 너무 가난했다. 설상가상으로 섬의 노동력 대부분이 대공사에 투입된 탓에 어획량이 대폭 감소하였으며, 공사 중인 섬에 관광객을 받는 것 역시 한계가 있었다. 공사는 곧 중단되었다. 독립 국가가 된 섬은 콜롬비아 정부로부터 어떠한 지원도 기대할 수 없었다. 사면초가, 진퇴양난의 상황에 빠진 섬에는 비관론이 팽배해졌다. 난관을 극복할 방법은 어디에도 보이지 않았다. 절망에 빠진 이들은 스스로 목숨을 끊기 시작했다.

역사적으로 그랬듯이, 절망은 바이러스처럼 퍼져나갔다.

그러던 어느 날, 노웨어 아일랜드에서 유일한 병원을 운영하던 Dr.한스가 묘수를 내었다. 그가 처음 의견을 내었을 때 그 자리에 있던 모두가 반대했다. 회의장에 있던 이들은 문을 박차고 나갔으며, 그 자리에 있지 않았던 이들도 입을 모아 그를 비난했다. 가톨릭교를 국교로 신봉하는 그들에게 충분히 예상 가능한 반응이었다. Dr.한스도 그 점은 충분히 알고 있었다. 그러나 방법이 없었다. 그것은 회의장에 있던 이들에게도 동일했고, 그 자리에 있지 않았던 이들에게도 마찬가지였다. 결국 그들은 오랜 논쟁의 끝에 Dr.한스의 제안대로 '죽음'을 팔기로 결정했다. 독립 국가로서, 자신들만의 독자적인 법체계를 이용해 '외국인 안락사'를 허용하는 법 조항을 신설했다. 적극적 혹은 소극적 안락사의 개념을 넘어 원하는 이들은 누구나 안락사를 할 수 있는 곳. 적절한 금액 산출을 위한 몇 차례의 조정위원회를 거쳐, 안락사를 위한 실비 및 몇 종류의 세금(안락한 죽음세, 임시 체류세, 노웨어 아일랜드 특별 기여세 등)을 포함한 회당 4만 달러의 금액이 산정되었다(사실, 일회성인 죽음에 '회 당(per session)' 금액을 명시하는 것에 대한 이견이 꽤 있었지만, 법안 및 계약서 등의 행정 서류 작성을 위해 표기하기로 하였다).

모든 준비가 끝난 이후에도 사람들은 반신반의했다. 과연 이게 가능할까 싶었지만, 법안이 정식으로 공표된 지 채 한 달도 되지 않아 첫 번째 죽음이 팔려나갔다. 100번째 죽음이 팔리기까지는 그로부터 채 일년이 걸리지 않았고, 이후 안락사는 이 국가의 주요 산업이 되었다. 많은 이들의 죽음으로 섬의 해발고도를 높이는 작업은 순조롭게 진행되었다. 2019년, 섬의 고도를 높이는 작업은 성공적으로 마무리 되었다. 그러는 동안 안락사 산업은 보다 정교해지고 나름의 체계도 갖추게 되었다. 말 그대로 '최후의 만찬'을 찾는 이들을 위한 식음료 산업을 필두로 안락사 시술 전까지 최상의 경험을 제공하는 온갖 산업(유품 경매 및 유언장 작성, 최고급 수의 및 침구류 사업, 스트레스 케어, 포괄적 사후관리 패키지 등)이 발달하여 지금의 모습을 이루게 되었다.

4. 회전초밥

"자꾸 우리를 피하는 것 같은데. 죽고 싶지 않으면 나와라."

기어코 독촉장이 날아왔다. 1월 초에 함께 여행을 다녀온 이후로 석 달이 넘게 주희와 하나를 만나지 않은 탓이었다. 솔직히 말하자면 도망 다녔다. 자신이 없었다. 고집불통에 막무가내인 주희와 기자의 비판 정신으로 다져진 하나가 내 계획을 듣고 납득한다는 것은 만우절에나 가능한 일이었다. 빠져나갈 변명을 스무 가지 정도 간추려 낼 즈음 피할 수 없는 문장을 받아 들고야 말았다.

"어머님이 우리랑 꼭 만나야겠다고 연락하셨어. 도대체 무슨 사고를 치고 다니는 거야."

우리는 그 주 주말에 광화문에서 만났다. 그간의 고민이 무색하게 두 사람은 각자의 근황을 털어놓느라 정신이 없었다. 흡사 수다에 굶주린 것처럼 보였다.

"주희는 여느 때처럼, 퇴근 후 소환사의 협곡을 누비며 자유를 만끽하고 있었어."

깍지 낀 손으로 턱을 바친 주희가 목소리를 힘주어 내리눌렀다. 이내 자신이 좋아하는 시사 예능 프로그램을 떠올리게 하는 자세로 이야기를 이어갔다.

"그러다가 생각지도 못한 일이 발생하고 말았어. 무려, 상대 팀도 아닌 같은 팀 소환사와 시비가 붙은 거야. 아주 지독한 놈이었어. 그러나 다행스럽게도 4학년 담임을 두 번이나 경험한 주희에게는 특별한 능력이 있었지. 그건 바로…… 한눈에 상대방이 초딩임을 판별할 수 있는 능력이었어. 그 덕에 주희는 녀석을 아주 손쉽게 참교육시킬 수 있었지. 사실 너무도 당연한 결과였어. 주희는 초딩들이 어떤 문장에 질색하고, 어떻게 해야 그들의 전투 의욕을 꺾을 수 있는지 너무 잘 알고 있는 전문가였으니까."

한껏 뿌듯해하는 주희를 향해, 하나가 한심하다는 표정으로 엄지를 치켜세웠다.

"잘 들어. 이제부터가 진짜 시작이니까. 그 초딩 역시 내공이 만만치 않았어. 암전과도 같았던 잠깐의 시간이 지나고, 엄청난 수위의 패드립을 난사하기 시작했어. 돌발적이었지. 그 드립이 어찌나 흉흉한지, 침착하고 어른스러운 주희도 도저히 참을 수 없을 정도였어. 순간 주희는 결심했지. 참된 교사로서 어떻게든 이 타락하고 오염된 새끼를 올바른 길로 인도하자. 그래, 그건 일종의 사명감이었어."

하나는 사회부 기자로서의 직업병이 발동한 것인지, 혹은 주희의 엉터리 상황극에 장단을 맞춰주려는 것인지, 수첩을 꺼내 사건의 정황을 어설프게나마 도식화하며 장단을 맞췄다. 나 또한 내 계획에 대한 어렵고도 불편한 이야기를 하는 것보단, 이런 엉터리 대화에 참여하는 것이 낫다고 판단했기에 주희의 다음 이야기를 재촉했다.

"그래서, 설마?

"맞아. 둘은 만나기로 했어. 바로……"

그쯤에서 주희는 잠시 뜸을 들였다. 어느새, 우리 앞에서 초밥을 쥐고 있던 주방장까지 주희의 이야기에 귀를 기울이고 있었다. 꿀꺽. 우리 셋의 침 삼키는 소리를 신호로 주희가 말을 이었다.

"현피를 뜨기로 한 거지."

그쯤 되자 하나가 노골적인 관심을 보이기 시작했다.

"진짜야? 너 사고 칠 거면 나한테 먼저 말하라고 했지!"

최근 빈약한 취재 아이템으로 매일 같이 부장에게 깨지고 있다는 하나는, 주희의 어깨를 움켜쥐고 앞뒤로 흔들며 아쉬움을 토로했다.

"그래서 어떻게 됐는데?"

주희가 눈을 게슴츠레하게 뜬 채 말을 이었다.

"만나러 갔지."

"그다음은?"

깊은숨을 뱉어낸 주희가 우리를 번갈아 보며 눈썹을 찡긋했다.

"흠씬 패줬어."

그렇게 말하며 허공에 짧은 잽을 날렸다. 입으로 만들어 낸 파앙! 하는 효과음이 곁들여졌다. 주희의 능청스러운 연기에 헛웃음이 났다. 사실 그때까지도 나는 둘의 이야기에 조금도 집중하지 못한 채, 고백의 시작점을 찾기 위해 잔뜩 긴장해 있었다. 움켜쥐고 있던 왼손의 힘을 풀었다. 땀이 흥건했다.

"거짓말."

순간, 하나가 메모하던 팬을 거칠게 내려놓으며 주희를 바라보았다.

"네 이야기엔 모순이 가득해. 다 큰 어른이 초등학생과 현피를 떴다면 분명 이슈가 됐어야해. 더욱이 그 어른의 직업이 선생님이라면 말이야. 걔네 엄마가 가만히 있었겠어? 그렇지, 여름아?"

"진짜야."

주희가 억울하다는 목소리로 받아쳤다.

"솔직하게 말해."

난처하게 웃으며 머리를 긁적이던 주희가 작게 중얼거렸다.

"역시 예리하군."

하나가 턱짓으로 뒷말을 재촉했다.

"하하. 그게 사실, 이 치사한 녀석이 친구들을 잔뜩 데리고 왔더라고. 그런데 이 자식들 우리 반 애들이랑 다르게 다들 발육이 너무 좋은 거야. 키도 다 나만 하고. 막 콧수염이 거뭇하게 난 애들도 있는 거야……"

"그래서?"

"그래서는 뭘 그래서야. 그냥 냅다 도망쳤지 뭐."

주희는 분하다는 표정을 지으며 테이블을 쿵 하고 내리쳤다. 그리곤 초밥 한 점을 집어 입으로 가져갔다. 하나는 그런 주희를 보며 고개를 저었다. 영 못 쓰겠다는 태도. 그러더니 불현듯 나를 향해 고개를 돌렸다. 이내 급격히 가라앉은 목소리로 물었다.

"근데 여름아."

주희를 겨누던 하나의 화살이 갑작스레 방향을 바꿔 나를 향했다.

"그래서 너는 요즘 무슨 짓을 벌이고 다니는 거냐."

당황스러웠다. 평소의 나였다면 '무슨 말을 그렇게 해?'라며 부정적 뉘앙스에 이빨을 먼저 드러냈을 테지만, 갑작스러운 타이밍에 던져진 물음에 그만 말문이 막혀버렸다. 풀었던 손에 다시 힘이 들어갔다. 나는 무심코 한 번 튀어나왔던 말이, 다시 나오는 데에는 그리 큰 어려움이 없을 줄 알았다. 그러나 회전초밥의 레일이 몇 번을 되돌아올 때까지도 본론으로 들어가지 못했다. 불편한 침묵이 이어졌다. 식당의 손님들이 하나둘 빠져나가고, 공간을 채우던 소음이 잦아들었다. 나는 어렵게 말을 꺼냈다.

"좀 멀리 여행을 가려고."

얼핏 두 사람의 얼굴에 안심하는 표정이 스쳤다.

주희가 반색하며 물었다.

"어디로?"

"조금 멀리."

"어딘데."

"콜롬비아."

"오 대박, 언제 가는데?"

답이 썩 만족스러웠던지 주희의 톤이 한층 올라갔다.

"대략 8개월쯤 후에."

그러면서 정확히는 '노웨어 아일랜드'라는 곳에 간다고 말해주었다. 하나는 처음 들어보는 지명에 관심을 보이며, 스마트폰에 이것저것 검색해 보기 시작했다. 주희는 여행계획을 궁금해했다. 누구랑 가는지, 얼마나 걸리는지, 어디를 가고 무엇을 먹을 예정인지. 그런 주희의 물음에 답해주는 사이 노웨어 아일랜드에 대한 정보를 찾아보던 하나의 표정이 조금씩 일그러져갔다. 하나가 나를 빤히 바라보다가 고개를 갸웃했다. 나는 시선을 주희에게서 떼지 않은 채, 하나의 어깨를 향해 조심스럽게 손을 뻗었다. 그 어깨가 미세하게 떨리고 있었다. 나와 마주친 하나의 눈동자가 불안하게 흔들리며 나를 담아냈다. 놀람과 슬픔, 분노가 함께 담겨있었다. 나는 윗입술을 살짝 깨물고 고개를 끄덕여 보였다.

"거짓말······"

"부럽다 진짜. 그래서 얼마나 있다가 오는데?"

하나의 떨리는 외침과 주희의 들뜬 물음이 겹쳤다. 하나의 갑작스러운 외침에 당황한 주희가 하나와 나를 번갈아 바라보았다. 나는 눈을 감고 숨을 크게 들이쉬었다. 감은 눈 아래로 뜨거운 무언가가 왈칵 차올랐다.

"안 올 거야."

하나가 눈을 질끈 감았다. 웬만한 일에는 눈물을 보이지 않던 하나의 눈에 눈물이 맺혔다. 몸속 아주 깊은 곳에서부터 뜨거운 무언가가 가득 차올랐다. 나는 어렵게 그간의 사정을 털어놓았다. 양 차장님의 장례식장에서부터 가족들에게 계획을 고백한 일. 몇 달이 지난 현재까지 설득과 논쟁, 다툼이 이어지고 있다는 것까지. 나는 가족들에게 고백했던 것처럼, 나름 덤덤하게 이야기 할 수 있을 것이라 생각했다. 그러나 몇 달간 미루고 유예했던 감정은 둑이 터지듯 한순간 쏟아져 나왔다. 눈물이 하염없이 흘렀다. 나중에 하나에게 들은 표현으로는, 실신하지 않은 게 놀라울 지경이었다고 한다. 두 사람은 처음 보는 내 모습에 당황해서 그 이상 화를 내지도, 반대하지도 못한 채 나를 달래느라 급급해했다.

"왜 그런 결론으로 끝나는 거야, 한여름의 이야기가? 꼭 그래야만 해?"

한참 후에 주희가 울먹이는 목소리로 물었다.

"끝나는 게 아니야."

나는 애써 미소를 지으려고 했지만, 표정이 의도치 않게 일그러지는 것을 느꼈다.

"이제야 정말 제대로 된 내 삶을 살 수 있을 것 같아."

"그게 무슨 말이야? 또 무슨 궤변을 늘어놓으려고"

하나가 물었다.

나는 회전초밥의 행렬을 바라보았다. 반질반질하게 닦인 은빛 레일 위로, 하얀 지방선이 고르게 분포된 연어 초밥을 앞세워 전복과 참치 아카미, 청어알과 숭어 등이 올라간 접시가 차례로 모습을 드러냈다.

"너희는 이 초밥, 몇 접시나 먹을 수 있어?"

내 물음에 하나는 고개를 저었다.

"오늘 이 상황에서 어떻게 더 먹을 수 있겠어. 더는 못 먹어."

"아니 오늘 말고. 보통날의 기준으로."

한참을 고민하던 하나는 8개를 말했고, 주희는 자신의 배와 초밥 레일을 번갈아 가며 가늠하다 대답했다.

"나는 그때그때 다른 것 같아. 배부르다고 느낄 만큼?"

"대략 몇 개?"

"개수는 정해놓지 않았어."

나는 내 앞에 놓인 접시의 수를 헤아렸다. 딱 5접시였다.

"나는 딱 여기까지."

"너무 적지 않아?"

"이 정도가 적당하니까"

"그 정도로 먹어서 배가 불러?"

"아니, 배가 불러서 못 먹는 건 아니야."

"맛이 별로인가요?"

그전까지 우리 이야기에 애써 무심한 척, 초밥을 말아 쥐던 주방장이 테이블 너머에서 물어왔다. 나는 두 손을 절레절레 저으며 말을 이었다.

"아니에요, 충분히 맛있어요."

하나가 주방장을 향해 작게 고개를 끄덕였고, 그는 머쓱하게 머리를 긁적이며 다시 본연의 일로 돌아갔다. 나는 말을 이었다.

"맛의 문제가 아니야. 그냥 이 정도가 딱 적당히 기분 좋게 배불러. 더 먹을지, 그만 먹을지 선택할 수 있다면 지금이 그만 먹기 좋은 타이밍인 것 같아."

나는 각을 맞춰 쌓아 올린 접시 더미 위에 마지막 접시를 올려놓았다. 주희가 그런 나를 보며 이해할 수 없다는 듯 고개를 갸웃했다. 그러다 이내 뭔가 생각난 듯, 나를 한참이나 빤히 바라보았다.

"그 개념이 죽음으로 치환이 되는 거구나…?"

나는 그런 주희의 등을 찬찬히 쓰다듬었다.

"죽음을 결정하는 건 초밥을 얼마나 더 먹을지 결정하는 것과 비슷하다고 생각해. 좋아하는 음식을 먹을 때 먹을 수 있는 한계점까지 먹는 사람이 있는 반면에, 적당하다 싶을 때 그만 먹는 사람도 있잖아."

무언가를 곰곰이 생각하던 하나가, 혹시나 하는 표정으로 말했다.

"너는 후자인 거네."

나는 그렇다고 대답했다.

"그런 편이지."

"그런데, 조금 쉬고 나면 더 먹을 수도 있잖아. 우리의 삶이 더 좋아질 가능성도 있고."

하나가 물었다.

"물론. 그렇지만 엄청난 노력이 따르겠지."

"부정은 안 하네?"

"응 당연히 가능성이야 있는 거니까. 그런데 그 과정에서 또 얼마만큼 나를 갈아 넣어야 할지……"

그러면서 나는 갈아 넣어야 할 나의 삶과, 더욱 더워질 지구와 끝나지 않을 전쟁, 더욱 과격해질 폭력에 대해 생각했다. 억누를 수 없는 분노와 잃어버리고 짓밟힌 꿈들에 대해 생각했다. 그러다 사실 그런 것들은 그렇게 중요하지 않다고 생각했다. 핑계가 필요했는지도 모른다. 그렇게 생각하며 설명을 이어갔다. 지금 우리는 먹고 또 먹고, 배가 터져 죽을 때까지 먹고 나서야 간신히 먹기를 그만둘 수 있다. 심지어 더 이상 먹을 수 없는 상황이 되면, 의료 기술과 인공호흡기의 도움까지 받아 가며 의식도 없는 사람의 입을 벌린 채 삶을 욱여넣는다. 신체에 이상이 있거나, 부득이한 사고가 생겨 강제로 중단되지 않는 한 우리는 불가피한 생을 계속 마주할 뿐이다. 이러한 과정에서 우리의 선택권은 존중받지 못한다.

"선택권의 문제야?"

주희가 물었다.

"조금 다르긴 한데, 비슷해. 그저 그만 먹고 싶을 뿐이야."

"그런데, 그런 거라면……"

무언가를 말하려던 하나가, 잠깐 우물쭈물했다.

"왜 자살하지 않았느냐고?"

"어…… 음 그렇지?"

나는 잠시 뜸을 들이다가 입을 떼었다.

"안락하게 마무리하고 싶어서."

그러나 그 말을 하는 순간에도 차라리 자살을 택했어야 하는가에 대한 고민에 빠졌다. 현 변호사의 사무실에서 나누었던 대화를 떠올렸다. 만약 내가 지금이라도 자살을 선택한다면, 하루 평균 36명의 사람이 선택하는 상대적으로 보편적인 방식을 택한다면, 나의 죽음도 그저 그런 무관심 속에 잊혀질 수 있지 않을까? 엄마와 아빠는 내 죽음 뒤에 찾아올 전쟁과도 같은 논쟁에 참전하지 않아도 되고, 엄마의 얼굴이 전태일 열사의 어머니와 오버랩 되는 일은 없지 않을까? 생각이 꼬리를 물고 이어졌다. 나는 마땅한 결론에 도달하지 못한 채 연어와 참치, 청어알과 숭어가 잘 닦인 은빛 레일을 같은 속도와 같은 모양으로 지루하게 회전하는 것을 바라보았다.

그러나 나는 자신이 없다.

밖으로 나온 우리가 마주한 건 한 무리의 시위대였다. 평소라면 아무렇지 않게 지나쳤을 호기심이 이상하게 나를 그쪽으로 끌어당겼다. 공교롭게도 안락사를 허용해 달라는 내용의 시위였다. '고통의 중단', '존엄한 죽음', '선택할 자유' 등의 슬로건이 배부른 거리에 나부꼈다. 예외적인 국가에서의 이례적인 방식을 택해 도망치는 나와는 다르게, 보다 근본적으로 자신들의 권리를 요구하는 이들의 모습을 바라보며 생각에 잠겼다. 저들이 요구하는 권리가 법제화되고, 한발 더 나아가 육체적으로나 정신적으로 회복하지 못할 질환을 앓고 있지 않은 나 같은 사람에게까지 확대되려면 또 얼마의 시간이 걸릴지를 가늠해 본다. 내가 그때까지 견딜 수 있을지를 생각해 본다. 나는 또 한 번 자신이 없어졌다.

그러는 와중에 시위대의 무리에서 익숙한 얼굴이 보였다. 거기 있어서는 안 되는 사람이었다. 아니. 왜. 나는 그 자리에서 굳어버렸다. 이내 허겁지겁 뛰어가다 그만 발목을 접질렸다. 복숭아뼈에서부터 정수리까지 감전이 된 것처럼 극심한 통증이 밀려왔다. 주희와 하나가 깜짝 놀라 달려왔고, 나를 부축해서 길옆으로 옮겼다. 발목이 순식간에 부어오르기 시작했다. 그러나 여기 주저앉아 있을 순 없었다. 꼭 물어볼 것이 있었다. 만류하는 두 사람을 뒤로하고, 아픈 발을 질질 끌며 시위대의 무리로 파고들었다. 정신이 아득해지는 느낌이었다. 나는 '존엄하게 죽을 권리'라는 팻말을 들고 있는 중년 여성의 팔을 낚아챘다.

"엄마."

엄마라고 불린 중년의 여성이 화들짝 놀라며 나를 바라보았다.

"엄마, 여기서 뭐 해……"

대답 대신 그녀의 눈동자가 둘 곳 없이 흔들렸다.

"엄마. 엄마 여기서 뭐 하고 있는 거야. 엄마는 이런 거 반대하잖아…… 여기가 아니라 저기, 저기 있어야 하는 사람이잖아."

나는 횡단보도 앞에서 신호를 기다리는 사람들의 무리를 가리켰다. 이 순간에도 손에 쥔 작은 세상 외에는 관심을 두지 않는 사람들. 몇 개의 무심한 얼굴이, 무관심한 시선이 스쳐 지나갔다. 그들은 그렇게 신호가 바뀌기만을, 아니 바뀌어지기만을 기다릴 뿐이다. 나는 흐르는 눈물을 주체할 수 없었다. 그러는 와중에 고개를 들어 시위대가 향하는 방향을 바라보았다. 그들 앞에 커다란 방패를 든 전경 무리가 눈에 들어왔다. 그들은 커다란 방패로 벽을 쌓은 채 한편으론 존엄하고, 한편으론 지극히 무책임한 죽음을 가로막고 있었다.

나는 오열하면서, 엄마. 엄마. 엄마를 계속해서 불렀다. 어린 시절, 6살 무렵이었던가? 백화점에서 길을 잃고 헤매다 엄마를 발견하고 오열하던 때의 나로 돌아갔다. 엄마가 말없이 나를 안았다. 그리고 그때처럼, 조용히 내 등을 쓸어주었다. 뜨거웠다.

"엄마. 엄마는 반대하는 거 아니었어?"

나는 지금의 상황이 도저히 이해되지 않아 재차 물었다. 계속해서 되뇌는 엄마라는 단어가 무척이나 어색하게 느껴졌다. 엄마가 붉게 충혈된 눈으로 나를 바라보았다. 엄마의 눈 아래가 파르르 떨려왔다.

"반대해. 아직도."

"그런데 이게 뭐야, 왜 여기서 이러고 있는 거야."

엄마는 나의 손을 잡고 인파에서 조금 떨어진 곳으로 이끌었다. 나는 접질린 발을 질질 끌며 엄마를 따라갔다. 엄마는 나를 걱정했고, 나는 괜찮다고 말했다. 우리는 일민미술관 앞 벤치에 앉아 각자의 턱 밑까지 차오른 숨을 고른 후 대화를 이어나갔다.

"여름이가 어떤 삶을 살아왔고, 어떤 삶을 살아가길 원했었는지 잘 아니까. 잘 안다고 생각했으니까…… 그렇기 때문에 너의 죽음을 반대했던 거야."

나는 많은 것을 원했고, 무언가 되기를 희망했던 과거를 회상했다. 엄마는 기억하지만, 나의 기억에서는 한참이나 방치된 그 순간들을 서글프게 마주했다. 그런 시절이 있었다. 매일매일 원하지 않는, 부득이한 일이 벌어지지 않기를 바라며 지내는 지금이 아니라, 그저 순수하게 무언가를 갈구하던 시절.

그 시절이 아득히 먼 행성처럼 느껴졌다.

"너의 결심이 확고하고 어떤 노력과 설득에도 바뀌지 않는다 하더라도, 그 결정에 찬성할 순 없어. 그런데…… 그건 엄마니까 그럴 수 있는 거야. 여름이가, 우리 딸이, 얼마나 힘든 과정과 고민을 통해 이런 결론에 도달했다는 걸 알지 못하는 사람들이, 막연한 도덕관념과 신앙이라는 이름의 녹슨 칼로 너를 난도질할 생각을 하니까 참을 수가 없더라."

엄마는 이미 전쟁을 준비하고 있었다.

"나는 아직도 반대해. 그런데, 반대하더라도 나만 반대할 거야. 제까짓 것들이 뭐라고 내 딸을 반대해."

그러면서 엄마는, 평생을 교직에 몸담아왔고 교회의 권사인 것을 자랑스럽게 여기는 엄마는, 한참이나 욕을 내뱉었다. 나는 적잖이 당황한 채로 엄마를 바라보았다. 엄마의 비쩍 마른 손이, 어찌할 바를 몰라 방황하는 내 손을 움켜쥐었다.

"힘들었지?"

갑작스레 군중 사이에서 거대한 함성이 터져 나왔다. 그 덕에 우리의 말은 소음에 잠겼다.

5. 다큐멘터리

국제적인 인플레이션으로 인한 물가 상승은 안락사 시장에도 예외가 아니었다.

국제분쟁으로 인한 원자재 가격 상승과 미국을 비롯한 주요 선진국의 빅스텝, 인플레이션에 더해 환율이 오르며 안락사를 위한 비용도 무섭도록 치솟았다. 한화로 5천만 원 남짓이던 것이 최근에는 7천만 원에 육박했다.
일말의 생각조차 하지 못했던 비용이 갑작스럽게 추가됨에 따라 큰 혼란을 느꼈다. 그것은 남은 기간 부지런히 투잡을 뛴다고 해도 충당하기 어려운 금액이었다. 아니. 설사 가능하다고 하더라도 내 인생의 마지막 시간을 또, 무언가를 충당하기 위해 낭비하고 싶지는 않았다. 그것은 28년의 삶으로도 이미

족했다. 몇 달 뒤면 죽을 처지에 대출을 받기도 애매했다. 빚쟁이인 채로 죽고 싶지 않았다. 그렇다고 집에 손을 벌리는 건 최악이었다. 마음의 빚만으로도 이미 파산 직전이었으니까.

　이런저런 가능성을 한참 검토하던 와중에 현 변호사에게게서 만나자는 연락이 왔다. 교대역 뒷골목, 오래된 빵집 건물의 3층에 있는 그의 사무실로 들어섰다. 그사이 익숙해진 사무장이 나를 반겼다. 퀴퀴하고 쿰쿰한 카펫의 냄새가 모순적인 포근함을 느끼게 했다. 티백으로 우려낸 녹차가 미지근해질 즈음, 앞 차례의 상담이 끝났다. 그리고 나서도 몇 분쯤을 그렇게 더, 미지근한 티백처럼 어정쩡하게 앉아 내 차례를 기다렸다. 그러다 꾸벅. 나도 모르는 사이 혼곤한 졸음에 빠져들 즈음 사무장이 나를 불러 깨웠다. 그녀의 안내에 따라 현 변호사의 사무실로 들어섰다. 그는 기도하는 자세로 두 손을 모으고, 그 위에 머리를 기대고 있었다. 고뇌하고 있었다. 기척을 느낀 그가 고개를 들어 나를 바라보았다. 고뇌의 깊이만큼, 그의 이마엔 손가락 마디 자국이 깊게 남아있었다.

　"오셨어요?"

　그가 짐짓 아무렇지 않은 척하며 물었다. 그리곤 사무적인 태도로 몇 가지 서류를 내밀었다. 노웨어 아일랜드에서의 안락사 집행을 위한 몇 가지 서류와 그 과정에서의 복잡다단한 행정적 처리를 위한 신청서 따위였다. 그는 영문으로 작성된 서류를 보며 각각의 내용을 충분한 시간을 들여 설명했다. 나는 그의 안내에 따라 이름을 적고, 날인하기를 반복했다. 무탈한 죽음을 위한 행정적인 절차들이 반복적으로 이어졌다.

"실례가 안 된다면 물어보고 싶은 게 있습니다."

마지막 날인을 마치고 주섬주섬 도장을 챙겨 넣을 때 그가 물어왔다. 나는 그것 역시 행정적이고 기계적인 절차의 일부라 생각했기에, 별생각 없이 고개를 끄덕였다. 무엇이죠?

"사람을 한 명 소개해 드려도 될까요?"

전혀 생각지도 못한 질문이었다. 나는 그의 문장을 몇 번이고 되새겼다. 되풀이할수록 문장은 간결해지고, 종국엔 사람과 소개 두 글자만이 덩그러니 남았다. 사람. 소개. 나는 그 뜻밖의 제안에 당황하면서도, 그 끝이 정해진 러브스토리를 상상해 버리고 만다. 상상력. 사실 그것이 나의 가장 큰 약점이었다. 그는 사랑의 힘을 믿는 부류일까? 문학과 예술의 단골 소재로 등장하는 시한부의 사랑. 나는 나의 이야기가 구구절절한 사랑 이야기로, 성사되지 못할 애절함으로 끝나기를 원치 않았다. 그럼에도, 심장이 빠르게 요동치는 것을 느꼈다. 상상력의 바퀴를 단 러브스토리가 구구절절함과 애절함의 플롯을 지나 광활한 슬픔과 비극의 왕복 8차선 도로로 곧장 뻗어나갔다.

사실 나는 이 순간을 기다려온 것일지도 모른다. 아니다. 나는 고개를 절레절레 저어버리곤, 소개팅은 좀 곤란할 거 같다고 이야기했다. 다 죽을 처지에 무슨 소개고, 러브스토리고, 절절한 사랑이냐며. 그가 나를 빤히 바라보다가 실소를 터트렸다.

　"사랑 이야기라…… 그러나 아쉽게도 좀 더 현실적인 이야기를 좀 해야겠어요."

　그러면서 그는 최근 노웨어 아일랜드에서 안락사 비용을 올린 것을 알고 있는지 물어왔다. 나는 다급하게 왕복 8차선으로 놓인 상상의 나래를 돌돌 말아 생각의 저편으로 밀어 넣었다. 7천만 원. 아무렴, 그것은 지금의 내가 당면한 가장 큰 문제였다. 나는 곤궁함을 들키지 않기 위해 애써 담담한 체하며 그렇다고 대답했다.

　"그렇지 않아도 여름 씨의 전 재산을 모두 털어 넣어야 하는 상황이었던 걸로 기억하는데."

　그의 기억력은 썩 괜찮았으며, 나의 곤궁함은 노골적이었다. 그렇기에 그가 도움을 줄 사람을 소개해 주겠다고 했을 때, 차마 거절하지 못했다. 어떤 종류의 도움을 어떤 방식으로 주는지에 대한 설명은 없었다. 그는 그것이 꽤 민감한 부류의 도움이기에, 당사자에게 직접 듣는 것이 좋겠다며 부연을 생략했다. 그렇게 우리는 어색한 적막 속에서 30분을 기다렸다.

똑. 똑.

긴 간격을 두고 이어진 두 번의 노크. 소리의 잔향이 사그라들고도 한참이 지난 후에 문이 열렸다. 계절을 무색하게 만드는 검은 가죽 재킷에 깊게 눌러쓴 버킷햇. 그 아래로 드러난 그을린 피부. '늦었습니다. 많이 기다리셨죠?' 그는 그렇게 말하고는, 멋쩍은 듯이 희미하게 미소 지었다. 아무렇게나 자라난 수염 사이로 고르지 못한 치열이 드러났다. 나보다 스무 살쯤은 더 많으리라 생각했는데, 그 투박한 미소가 그를 다섯 살쯤은 어려 보이게 만들었다. 나는 가볍게 고개를 숙여 인사 하고 현 변호사를 바라보았다. 그러면서 그가 줄 수 있는 도움의 종류를 수십 가지도 더 상상해 본다.

"이분이 여름 씨인가요?"

그가 탁한 목소리로 물었다. 현 변호사가 고개를 짧게 두 번 끄덕였다.

"여기는……"

현 변호사의 소개가 채 시작되기도 전에, 그가 말을 이어받았다.

"구해식입니다. 다들 그냥 구 PD라고 부릅니다."

그는 그렇게 말하곤, 현 변호사의 사무실을 찬찬히 훑어보았다. 구해식. 어디선가 들어 본 이름인데 도무지 기억나질 않았다. 그러는 사이 그가 조심스럽게 양손의 엄지와 검지를 맞대어 프레임을 만들어냈다. 뭐 하는 거지? 라는 의문이 채 떠오르기도 전에 그가 프레임 속에 나를 담아냈다. 우리는 한 뼘 남짓한 프레임 너머로 서로를 마주했다. 시선이 교차했다. 그 순간 그의 눈에 스친 감정은 슬픔이었을까? 나는 그가 나를 통해 아주 먼 데 있는 누군가를 마주하고 있다는 느낌을 받았다. 그도 그럴 것이, 내가 그를 빤히 바라보았음에도 그가 그 시선을 한참이나 의식하지 못했던 것이다. 몇 번의 깜빡임이 지나고, 내 시선을 의식한 그가 갑작스레 왼쪽 눈을 찡긋하며 윙크했다. 나는 황급히 고개를 돌렸다. 정말이지 이상한 사람. 그 이후로도 그는 나를 한참이나 더 응시했다. 그리고 문득, 첫인상을 아득히 뛰어넘는 괴이한 본론을 꺼내놓았다.

"다큐멘터리를 찍고 싶습니다."

"엥?"

너무 당황한 나머지 조건반사적인 소리가 튀어나왔다. 갑작스러운 제안에 생각의 수레바퀴가 턱 하니 걸렸다. 나의 삶을 장르로 치환한다면 기-승에서 전-결로 이어지지 못한 채 급하게 마무리된 조잡한 단편 소설이나 될까. 혹은, 그렇게 되기까지의 단상을 감성적으로 풀어낼 수 있다면 어설픈 에세이 정도는 될 수 있을 것이다. 그러나 어떻게 풀어내더라도 다큐멘터리는 될 수 없었다. 그건, 그야말로 나에게서 가장 멀리 꽂혀있는 인덱스였다. 그렇기에, 그의 말을 해석하는 데 한참의 시간이 걸렸다.

"뭐를요?"

"여름 씨의 죽음을요."

나는 애써 불쾌함을 가라앉혔다. 그러나 채 감추지 못한 당혹감은 표정에 오롯이 드러났을 터였다. 나는 그 말의 의미를 간신히 해석해 내곤, 나라는 사람의 보잘것없음을 나열해 가기 시작했다. 대표적인 대여섯 가지를 열거했지만, 스무 가지도 더 말할 자신이 있었다. 그런 대여섯에서 스무 가지의 이유로, 나의 삶은 전혀 특별하지 않았다. 아무렇지도 않게 잊힐만한 삶은 아니지만, 그렇다고 대놓고 기억될 만한 죽음은 더더욱 아닌 것이다.

"그러한 이유로, 저는 그 엄지와 검지가 만들어낸 프레임에 적합한 사람이 아니에요. 지금 제 감정을 말씀드리자면, 솔직히 당혹스럽고 불쾌해요."

팔짱을 낀 채 눈을 감고 내 이야기를 듣던 그가, 고개를 작게 두 번 끄덕였다. 아니 지금 와서 생각해 보면 고개를 끄덕인 게 아니라 좌우로 작게 저었던 것 같다.

"불쾌하셨다면 죄송합니다."

그가 정중하게 사과하며 말을 이었다.

"그러나 같은 이유로, 저는 여름씨의 삶을 기록하고 싶습니다."

내가 보잘것없기에 나의 삶을 기록하고 싶다는 그의 이야기는 모순적이었다.

"여권을 갱신하고, 항공권을 알아보겠죠. 스카이스캐너를 쓰시나요? 지금 재정 상태를 보면 그나마 저렴한 항공권을 찾아보겠네요. 캐리어에 옷가지와 세면도구, 잡다한 생활용품과 간단한 간식거리를 채워 넣고 가족들과 작별 인사를 나누겠죠. 이후에는 입국 절차를 밟고, 보안검색대를 통과하고, 비좁은 이코노미석에 우겨 탄 채 기내식을 먹고, 그러다 옆 사람과 '어디로 가시나요?', '네? 죽으러 간다고요?', '그것참 슬프군요' 같이 영혼 없는 이야기도 좀 하고."

그렇게 그의 서술은 한참이나 더 이어졌다. 그는 마치 수십 번도 더 그려본 것처럼, 내 일정의 디테일한 부분까지 세세히 풀어냈다. 삶의 본질이 모순에 있다면, 죽음의 본질 역시 모순에 맞닿아 있는 것이었다. 나는 그가 나에게 했던 것처럼, 엄지와 검지를 맞댄 프레임을 만들어 거울에 비춰보았다. 그의 말처럼 지극히 평범한 여행의 장면들이 살색의 프레임 안에서 흘러갔다. 여행의 목적과 그 목적지만 제외한다면, 프레임 안의 내 모습은 그래…… 결코 특별하지 않았다. 그렇기에 그것은 특별했다.

"일기 같은 건가요?"

깊게 눌러쓴 모자 아래로 그의 작은 눈이 반짝였다. 그의 눈동자가 분주히 생각의 바퀴를 굴렸다. 조금 먼 미래를 그리듯 좌 상단을 살피던 그의 눈이 감기고, 뜸을 들인 말을 꺼내 놓았다.

"여행기에 가깝지 않을까요?"

돌이켜보면, 그 여행기라는 단어가 갈등하던 마음을 열어젖힌 열쇠가 되었던 것 같다. 결코 돈 때문이 아니었다.

"계약금으로 세 장을 드리겠습니다."

나는 결단코 그깟 돈 삼천에 움직이는 사람은 아니다. 나는 그저 살색의 프레임 안에서 지극히 일상적이고, 평범하게 죽음으로 향하는 나의 모습이 싫지 않았을 뿐이다. 그러다 문득 그 세 장이 혹시 삼백을 의미하는 건 아닌지 걱정되기 시작했다. 나는 손을 내밀었고, 그가 나를 멀뚱히 바라보다가 손을 잡았다.

"아뇨 손 말고, 계약서요. 확실히 해야죠."

조마조마한 눈빛으로 우리를 바라보던 현 변호사가 그제야 안도의 한숨을 내쉬었다. 그가 계약서의 법무 검토를 자처해 준 덕에, 이후의 절차는 일사천리로 진행되었다.

6. 여권 사진

　지극히 현실적인 나머지 삶들이 고개를 내밀었다.

　우선 남은 인생에서 한 번 밖에 쓸 일이 없는 여권을 갱신해야 했다. 그러는 김에 마찬가지로 한 번 밖에 쓸 일이 없을 여권 사진도 다시 찍기로 했다. 10년 전보다 살이 조금 오르고, 피부 톤이 좀 탁해지긴 했지만 그래도 그간 발전한 화장술과 사진술, 편집 기술이면 그보다 못하지는 않겠냐는 생각이 들었다.

　"어디 가는 거야?"

　현관에 엉거주춤 앉아 스니커즈에 발을 반쯤 넣었을 때였다. 반쯤 열린 방문 사이로 할머니가 물어왔다.

　"사진 좀 찍을까 하고. 잠깐 다녀올게요."

관심이 동했는지, 할머니가 문틈 사이로 머리를 빼꼼히 내밀었다. TV에서는 한창 유행하는 트로트 경연 프로그램의 재방송이 흘러나오는 중이었고, 할머니의 머리에는 자신이 응원하는 경연자의 이름이 적힌 머리띠가 띠용하고 흔들리고 있었다. 얼마 전 내가 손수 만들어준 머리띠였는데, 할머니는 이 프로그램을 볼 때마다 그것을 유니폼처럼 착용하곤 했다.

"영정사진?"

할머니의 짧고 담백한 물음이 나를 당황하게 만들었다.

"아니 할머니 그게 무슨 소리야. 여권 사진 찍으러 가는 거거든."

나는 할머니의 머리띠 사이로 삐져나온 흰머리를 정리해 주며 대답했다. 할머니는 그러는 동안에도 뭐가 그리 신이 나는지 연신 싱글벙글 이었다. 선택적 치매라고 해야 할까? 현재의 삶을 살아가는 데 필요한 것. 특히 좋아하는 가수의 노래나 드라마 내용 같은 것들은 놀랍도록 잘 기억하지만, 고생스러웠던 과거의 기억은 단호하게 도려내어 버린 할머니를 바라보았다. 내 기억 속, 까칠하고 엄격했던 할머니의 모습은 단지 삶을 살아내기 위한 가면이었던 걸까? 매일매일 조금 더 소녀의 모습으로 돌아가는 그녀의 모습에서 기묘한 질투심을 느끼고야 만다.

"나도 갈래."

그러는 사이, 얼마간 더 소녀가 되어버린 할머니가 본인도 따라가겠다고 나섰다. 마침 심심했었고, 마침 사진이 필요했던 참이라며…… 그러면서 곧 본인의 최애 가수인 김 군의 차례이니, 그것만 보고 가자며 내 손을 잡아끌었다. 뼈마디만 앙상한 손에서 전해오는 온기에 질투심은 사르르 녹고, 희미한 연민이 그 자리를 대신했다. 나는 애써 신은 신발을 벗기가 귀찮아 현관에 쭈그려 앉는 것을 택했다. 그리곤, 방문 사이로 할머니의 경연프로그램을 함께 시청했다.

　"할머니도 어디 가려고? 여권 사진 찍고 싶어?"

　내 물음에 할머니는 TV에서 시선을 떼지 않고, 건성으로 대답했다.

　"아니, 영정사진."

　나는 마땅한 대답을 찾지 못한다. 그것이 농담인지 진담인지 구분하기가 어려웠다. 그러는 사이 김 군의 무대가 끝이 났다. 마흔이 훌쩍 넘은 나이였지만, 어디서 배웠는지 아이돌처럼 치명적인, 아니 치명적이려는 표정으로 엔딩 포즈를 취하는 그의 모습에서 이질감이 느껴졌다. 그러다 뭐…… 마흔이나 서른이나 할머니한테는 별반 다르지 않게 느껴지겠다는 생각이 들었다. 문득, 할머니에게는 영정사진인지 여권 사진인지 하는 문제 역시 딱 그 정도쯤의 차이가 아닐까? 하는 생각이 들었다. 아무렴.

"아가, 출발하자."

할머니가 내 생각에 동의하는 듯 출발 신호를 보내왔다. 무작정 문을 나서려는 할머니를 어렵게 붙들고, 할머니가 중요한 날에 꺼내 입는 연보라색 카디건을 찾아 입혀 드렸다. 아마도, 내 첫 월급선물이었던 것으로 기억한다. 문을 나섰을 땐, 실내에서는 짐작조차 못 했던 거친 날씨가 우리를 기다리고 있었다. 저녁부터 폭우가 쏟아질 거라던 아침의 기상예보가 떠올랐다. 예보보다 한참이나 먼저 출근한 거센 바람에 우리가 쓰고 있던 우산이 힘없이 뒤집혔다. 나는 우산을 간신히 부여잡고, 할머니에게 쏟아지는 빗줄기를 막기 위해 안간힘을 썼다. 빗줄기가 상대적으로 약한 것이 그나마 다행이었다. 그럼에도, 이 모습을 엄마가 봤다면 '할머니가 감기에라도 걸리면 어떻게 하느냐'며 크게 한 소리 들었을 터였다. 그러나 하지 말라는 것투성이인 노년의 삶에서, 오래간만에 느껴보는 일탈이어서 그랬을까? 할머니는 무척이나 즐거워했다.

집에서 10분 남짓 떨어진 사진관에 도착했을 때 우리는 후줄근하게 젖어있었다. 머리는 산발이 되었고, 화장은 볼품없이 번져있었다. 다행히 사진관 한편에 조촐하게나마 파우더룸이 있었다. 나는 가볍게 화장을 고친 후 할머니의 머리를 손질해 주었다. 취업준비생으로 보이는 손님이 떠나고 곧이어 우리 차례가 되었다. 카메라 앞에 앉아 사진사가 안내해 주는 대로 자세를 정돈했다. 턱을 당기고, 왼쪽 어깨를 조금 내리고, 너무 내려간 어깨를 다시 정밀하게 조정했다.

"네 좋습니다. 여권 사진 맞죠?"

사진사의 안내에 따라 귀를 조금 더 내보였다.

"어디 여행 가시나 봐요?"

자세하게 설명하다가는 구구절절. 꼬리를 물고 이어지는 설명의 구렁텅이에 빠질 것 같았다. 그래서 애매한 대답을 골라냈다.

"그런 셈이죠."

"아니, 우리 손녀딸은 여행을 끝마치러 간답니다."

거울을 보며 옷매무새를 점검하던 할머니가 불쑥 한마디 거들었다. 사진사가 할머니와 나를 번갈아 가며 쳐다보았다. 어색한 문장에 부연 설명을 기대하는 눈치였다. 나는 작게 한숨을 내쉬고, 그만큼 작게 고개를 끄덕였다. 그것을 본 사진사가 고개를 갸웃했다.

"각자 나름의 사연이 있는 법이죠. 뭐, 따지고 보면 많은 것들이 여행의 범주에 속할 테니까요…… 그래도 부럽네요."

어색한 몇 마디의 말이 오가는 동안 촬영이 끝났고, 할머니의 차례가 왔다. 나는 할머니를 카메라 앞으로 모셔 오며, 제발 이상한 소리 좀 하지 말아 달라고 부탁했다. 할머니는 있는 그대로 이야기한 건데 그게 무슨 이상한 소리냐고 되받아쳤다. 나는 그런 식이면 몰래 영정사진을 찍으러 온 것을 엄마에게 '있는 그대로' 이야기하겠다며 정중하게 협상을 시도했다.

"정임이가 알면 또 지랄할라"

할머니는 그제야 한 발짝 물러섰다.

평소에는 그렇게 엉뚱하고, 할 말을 다 하는 당당한 할머니였지만 카메라 앞에 서자 그 모습이 몹시도 작고 왜소하게 느껴졌다. 앉은 자세며 몸짓 하나하나, 숨을 쉬고 눈을 깜빡이는 것까지 하나부터 열까지 모두 어색했다. 할머니는 사진사의 요청에 따라 자세를 고쳐 앉고, 턱이며 어깨의 위치를 조정했다. 이런 귀찮은 준비절차에 질색인 할머니가 한마디 할 법도 했지만, 할머니는 군말 없이 사진사의 요구에 따랐다. 준비가 얼추 끝나자, 할머니는 마지막으로 기침을 두어 번 했다. 그리곤, 사진사를 향해 공손히 부탁했다.

"사진사 선생님. 중요한 사진이니까 예쁘게 좀 찍어줘요."

"아무렴요 어르신. 어떻게 찍어드릴까요"

"소녀같이."

뷰파인더 속 거꾸로 상이 맺힌 할머니는 곱고, 단정했다. 그리고 소녀같이 환하게 웃고 있었다. 죽는 것에 대해 할머니와 진지하게 이야기를 나눠 본 적은 없었다. 그럼에도 할머니와는 역시 뭔가 통하는 게 있다는 생각이 들었다. 나는 할머니를 바라보며 '나도 찍을까?'라며 넌지시 물었다. 할머니는 카메라를 한참동안 응시하다가 사진사를 바라보았다. 한참을 더 생각하다가 내 의도를 눈치챘는지 '그러는 게 좋겠다'라고 말했다.

"선생님, 저 한 번만 더 찍어주세요."

"왜요? 아까 찍어드린 게 마음에 안 드세요?"

"아, 그런 건 아니고……"

"아직 보정 전이라 그런 거고, 보정 좀 하면 훨씬 마음에 드실 텐데?"

"아니 용도가 좀 달라요."

"무슨 용도인지 여쭤봐도 될까요?"

나는 잠시 머뭇거렸다.

"그래야 용도에 맞게 찍어드리죠."

나는 잠깐 고민하다가 솔직하게 털어놓았다.

"영정사진이요."

사진사는 지금 상황이 쉽게 이해되지 않는 듯, 할머니와 나의 반응을 살폈다. 그러다 '그럴 일이 있슈'라는 할머니의 단출한 대답에, 머리를 한 번 긁적이고 카메라 앞에 섰다. 가벼운 농담은 아니라고 판단한 듯했다. 조금 전의 촬영과 다르게 고개를 이렇게, 턱을 저렇게 하라는 등 별다른 요구사항은 없었다. 그냥 '편하게, 자연스럽게 이쪽을 바라보세요.'라고만 말했다. 편하게. 나는 사진기를 바라보다가 문득, 아직까지 옆머리가 귀 너머로 넘어가 있는 것을 깨달았다. 그것들을 조심스럽게 끌어 내렸다.

"이래도 괜찮겠죠?"

사진사가 고개를 끄덕였다.

나는 할머니가 그랬던 것처럼 최대한 자연스럽게 웃기 위해 노력했다. 의식적으로 입꼬리를 올리려는데, 갑자기 왈칵하고 눈물이 났다.

찰칵. 그 순간 플래시가 번쩍였다.

"아니, 울고 있는데 찍으면 어떻게 해요?"

나는 당황해서 물었고, 그 역시 당황한 채로 반문했다.

"예? 컨셉인 줄 알았죠."

"그게 무슨 소리예요, 누가 사진 찍는데 울어요. 그걸 찍는 게 어디 있고……"

"이렇게 여권 사진 찍으러 와서 영정사진 찍겠다는 사람도 처음이고, 그 나이에 이런 사진을 찍는 사람도 흔치 않으니까…… 컨셉인 줄 알았죠. 참나."

그의 논리에는 설득력이 있었다. 난처한 표정으로 조금 전 찍힌 사진을 유심히 보던 사진사가 나를 불렀다. 한 번 같이 보는 게 좋겠다며. 나는 그의 카메라로 다가갔다. 사진 속의 나는 웃는지 우는지 모호한 표정을 짓고 있었다. 어색하게 웃고 있는 입과 대조적으로, 왼쪽 눈에서 시작한 눈물이 뺨을 지나 가느다란 선을 만들어냈다. 턱에 살며시 고인 한 방울이 반짝, 플래시를 반사했다. 모순과도 같은 표정이었다. 나는 그것이 지금의 내 상황을 꽤 적절히 표현하고 있다는 생각이 들었다.

"좋은 사진이네."

어느새 곁에 다가온 할머니가 말했다. 할머니는 이 이상한 사진을 무척 좋아했다. 나 역시도 이 모순과도 같은 사진이 좋아졌다. 그래서 크게 고민하지 않고, 이 사진으로 하겠다고 사진사에게 말했다. 마침 그도 이 흔치 않은 작업물이 마음에 드는 듯했다.

"이 사진은 서비스로 해드릴게요."

"네? 왜요?"

"그냥. 그러고 싶네요. 이런 사진은 처음이라."

그에게 투덜댄 것이 문득 미안해졌다.

사진관을 나왔을 땐 내리던 비는 그쳤고, 하늘은 주황빛으로 물들고 있었다. 비릿한 아스팔트 냄새 위로 매미의 울음이 쏟아졌다. 상가 끝에 위치한 슈퍼마켓에 들려 아이스크림 박스를 뒤적였다. 나는 상어 모양 아이스바를, 할머니는 소다 맛이 나는 쭈쭈바를 하나 골라 들었다. 우리는 각자 한 손에는 아이스크림을 들고, 한 손은 서로 맞잡은 채 상가 앞 놀이터로 향했다.

마침 우리가 좋아하는 미끄럼틀 앞 벤치가 비어있었다. 어린 시절 할머니와의 산책길에 자주 애용하던 자리였다. 가방에서 손수건을 꺼내 물기를 쓱쓱 닦아냈다. 자리에 앉아 별다른 말 없이 각자의 생각에 잠겼다. 나는 왼쪽 뺨을 어루만졌다. 그곳에 흐르던 눈물을 떠올리자, 마지막 순간이 생각보다 가까이 와있다는 게 실감이 났다. 할머니는 피곤했는지, 아이스크림을 손에 든 채 꾸벅꾸벅 졸고 있었다.

"할머니, 자는 거야?"

확인차 물어보았지만, 역시나 아무런 대답이 없었다. 나는 조금은 다행이라 생각하며, 여과되지 못한 감정을 털어놓았다. 해질녘의 어스름에는 진실을 말하게 하는 이상한 마법이 걸려있는 것일까?

"사실…… 나 너무 겁이 나."

할머니는 아무런 대답이 없다. 나는 세상 평온하게 눈을 감고 있는 할머니의 얼굴을 한참이나 바라보았다. 굴곡이 가득한 얼굴을 보며, 그 주름 아래 감춰진 삶의 깊이에 대해서 생각했다. 이제는 50킬로그램도 채 나가지 않는 이 작고, 노쇠한 몸이 짊어지기에는 세상의 무게가 너무 무거웠던 걸까? 무게에 눌리고, 세월에 눌려 이런 주름이 만들어졌을까? 이상한 생각에 빠져든다. 나는 지금의 무게조차 버거운데…… 나는 할머니의 얼굴에 새겨진 흔적들을 하나도 놓치지 않겠다는 듯이 찬찬히 뜯어보았다. 그러는 동안 해는 지고, 여름밤의 미지근한 고요가 사방을 가득 채웠다. 조금 떨어진 개천에서부터 개구리 소리가 들려왔다. 가로등이 깜빡이며 늦은 어둠을 맞이했다. 나는 할머니를 조심스럽게 흔들어 깨웠다.

"할머니 이제 갈 시간이야"

우리는 이곳에 올 때 그랬던 것처럼 서로의 손을 꼭 잡고 집으로 향했다. 약국 사거리를 지나 아파트 단지 안으로 막 들어섰을 즈음 할머니가 문득 '나도 무섭다'고 이야기했다. 나는 그 자리에 멈춰 서서 할머니를 빤히 바라보았다. 지금 할머니의 사고를 작동하는 것이 엄격하고 단호했던 나의 할머니인지, 트로트 가수 김 군을 좋아하는 말괄량이 소녀인지를 헤아려본다.

"할머니 안 자고 있던 거야?"

할머니는 그 중간쯤 되는 어떤 곳에서, 어느 방향으로 가야할지 갈피를 잡지 못하는 표정이 되어 대답했다.

"잤지. 한숨 푹 잤어."

"그런데 그걸 어떻게 들은 거야?"

할머니는 그냥 들리더라고 말했다. 그럴 때가 있다고. 그러면서 무서운 게 당연한 거라고 덧붙였다. 할머니와 마주잡은 손에서, 앙상하게 말라버린 가지에서, 뜨거운 온기가 전해져왔다.

7. 퇴사

"무조건 찍어야 합니다."

구 PD는 내가 퇴사하는 장면만큼은 무슨 일이 있어도 꼭 담기를 원했다.

"절. 대. 안. 돼. 요."

나는 할 수 있는 최대한의 단호함을 담아 거절했다. 회사에서 촬영이라니. 무슨 일이 있어도 안 될 일이었다. 그러나 구 PD 역시 절대 호락호락한 사람이 아니었다. 물러설 생각이 없어 보였다. 그가 제일 담고 싶어 했던 영정사진 촬영 장면을 부득이하게 놓쳐버린 후였기에 더욱 그러했다. '여권 사진을 찍으러 갔다가, 엉겁결에 영정사진까지 찍고 말았어요.' 나의 고백에 그는 세상이 무너지기라도 한 것처럼 절규했었다. 그가 퇴사 장면만큼은 무조건 담아야 한다고 떼를 쓰고, 회유를 하다가 결국 그때와 같은 표정이 되었을 때, 나는 더 이상 거절할 수 없는 상황에 다다랐음을 깨달았다. 생각해 보면 계약을 한 순간부터 이런 상황을 피할 방법은 없었다. 나의 죽음은 그의 피사체가 된 셈이니까.

"대신, 방해하면 진짜 가만 안 둘 거예요."

나는 최대한 험상궂은 표정을 지어 보였다. 그가 대답 대신 눈을 찡긋했다. 그 표정이 나를 더욱 불안하게 만들었다.

나는 마지막 출근길이 특별하지 않기를 원했는데, 그건 구 PD 역시 마찬가지였다. 때문에 그는 약간의 거리를 유지한 채 조심스럽게 따라붙었다. 그는 분명 그런 부분에 있어서는 상당한 재능을 가진 것 같았는데, 그럼에도 평일 아침 대중교통을 이용하는 직장인의 출근길을 영상으로 담아내는 것은 결코 쉬운 일이 아니었다. 시작부터 일이 꼬이기 시작했다. 우선 타기도 전에 만원인 지하철이 문제였다. '거 밀지 좀 맙시다'라는 볼멘소리에도 불구하고, 줄 마다 늘어선 한 무리의 사람들이 객차 안으로 성급하게 몸을 밀어 넣었다. 내가 망설이는 사이 구 PD가 먼저 자리를 잡았고, 나도 그를 따라 인파의 흐름에 몸을 맡겼다. 사람들은 출근도 전에 이미 지쳐있었다. 나는 그들 사이에 이질감 없는 모습으로 자리를 잡았다. 이내 지하철이 덜컹거리며 출발했다. 역마다 조금씩의 사람들이 내렸고, 그보다 많은 이들이 탔다. 나의 공간은 점점 더 좁고 불편해졌다. 다행히 동대문역에서 승객들이 한바탕 내리고 나자, 지하철 안은 비교적 한적해졌다. 그즈음 더 이상 구 PD를 크게 신경 쓰지 않을 수 있게 되었다. 나는 지하철의 출입문 옆에 몸을 기댔다. 객차 안 사람들의 얼굴이 하나둘 눈에 들어왔다. 지치고 피로한 얼굴들. 표정을 읽을 수 없는 표정들.

나는 어떤 표정이었을까?

반대편 유리창에 나의 모습이 비쳤다. 나는 차마 그 표정을 볼 용기가 나지 않아 눈을 질끈 감았다. 그러는 사이 몇 개의 역을 지났다. 회현역을 막 지났을 무렵, 한 아주머니가 다가와서 '저기 저 변태가 당신을 몰래 찍고 있어요'라고 조심스럽게 이야기해 주었다. 나는 그 표현이 썩 마음에 들었지만, 순간의 장난기로 중요한 일정을 망치고 싶지 않았다. 그래서 '그 변태가 제 일행이에요'라며 그보다 더 조심스럽게 속삭였다. 사소한 에피소드를 지나쳐, 삼각지역에서 6호선으로 환승을 했다.

그로부터 10여 분 후 한강진역에 도착했다. 3번 출구로 나와 4년을 꼬박 출근해 온 길을 걸었다. 아직 새벽의 서늘함을 머금은 도로의 먼지와 조금씩 온기를 더해가는 햇살. 거리에선 따뜻하고 비릿한 냄새가 피어올랐다. 익숙한 소리가 주변을 채웠다. 보행자 신호등의 안내음과 자동차의 엔진소리. 멀리서 들려오는 공사장의 소음. 나무 위에서 지저귀는 새들의 소리와 그 나무를 사르륵거리게 하는 바람 소리. 또각또각— 구두들이 만들어내는 소리까지. 이 길은 항상 나를 도망쳐 버리고 싶게 만들었는데…… 2차선 도로의 반대편에 카메라를 든 구 PD의 모습이 보였다. 그가 오늘의 촬영을 그토록 간절히 원했던 이유를 알 것 같았다. 나는 평화로운 아침을 온몸으로 느끼며, 제발 오늘 하루가 별 탈 없이 끝나기를 바랐다.

그러나 빌어먹을 책임감이 문제였다. 평소보다 일찍 출근한 덕에 다른 팀원들이 출근 전이라 여겼는데, 한참이 지나도록 아무도 오지 않았다. 분명 오늘 오후에는 생활버거의 신제품 프로모션과 관련한 중요한 PT가 있다고 했었는데…… 아무렴, 알아서 하겠지. 나는 고개를 저으며 마지막 날까지 지긋지긋한 고민의 늪에서 빠져나오지 못하는 스스로를 나무랐다. 그러는 와중에 팀 단톡방에 한 장의 사진이 올라왔다. 코로나 자가진단키트에 양성을 의미하는 두 줄이 또렷하게 드러나 있었다. 그리고 희수 대리의 메시지가 이어졌다.

"어떻게 하죠? 저 코로나 양성 떴어요."

며칠 전부터 부쩍 컨디션이 좋지 않다던 희수 대리의 말을 대수롭지 않게 생각했었다. 나에게 생활버거와 관련된 업무를 인수·인계받고, 급하게 PT를 준비하게 된 것에 대한 의례적인 불평이라 여겼기 때문이다. 미안한 마음에 이어 설마 하는 불안이 덮쳐왔다.

"오후에 PT 있는데 어떻게 하죠?"

조금 전까지만 해도 걱정의 말들이 분주하게 오가던 단톡방이 희수 대리의 물음과 함께 적막에 휩싸였다. 읽지 않음을 의미하는 숫자가 모두 사라진 이후에도 마찬가지였다. 물론, 완화된 방역 지침에 따라 격리의 의무는 없었다. 그렇다고 코로나 환자를 광고주 PT에 보낼 수는 없는 노릇이었다. 그래도 팀장님이 있으니까…… '알아서 하겠지'라는 생각이 들었지만, 정신을 차렸을 때는 이미 팀장에게 전화를 걸고 있었다. 한참 만에 전화가 연결되었다.

"팀장님 어디세요. 희수 대리 카톡 보셨죠?"

"여름? 카톡 지금 봤어. 그런데 나 지금 응급실이야."

청천벽력 같은 소리였다.

"아니, 왜요? 어디 아프세요?"

"조금 전에 접촉 사고가 났지 뭐야. 어디 다친 건 아닌데, 확인은 해봐야지. 좀 기다려야 할 것 같아."

불안한 예감은 좀체 빗나가는 법이 없었다.

"얼마나요…?"

"점심시간 넘어서야 간신히 될 것 같은데…… 그래서 말인데, 오늘 PT는 여름이 좀 해줄 수 없을까?"

악몽처럼 지난 기억의 파편들이 떠올랐다.

"저 오늘 마지막 날인데요?"

"그 광고주, 원래 여름 대리가 담당하던 광고주잖아. 히스토리를 전혀 모르는 박 과장이나 진경 대리에게 맡길 수도 없는 노릇이고…… 여름 대리가 책임감 좀 보여줘."

아니, 라는 말이 목 끝까지 차올랐지만, 이 모든 게 결국 내 탓인 것 같은 느낌이 들었다. 나는 마지막까지, 또 그 지긋지긋한 책임감이라는 함정에 빠져버리고 말았다. 등에서 식은땀이 흐르고 있는 것이 느껴졌다. 전화를 받은 자세 그대로 한참을 서서 고민하다가, 결국 메일을 열고 최종 발표본을 다운받고 있는 나를 발견했다. 나란히 커피를 들고 나타난 박홍식 과장과 진경 대리가 난처한 표정으로, 마지막 날까지 험한 꼴을 보게 됐다며 미안해했다. 사실 그들에게는 잘못이 없었다. 그렇다고 희수 대리나, 조금 더 나아가 팀장에게도 잘못을 묻기는 어려운 상황이었다. 부득이. 그래 사실 직장생활에서 마주하는 역겨운 상황은 대체로 이런 모양새였다. 역겨운 상황을 각각의 시퀀스로 나누고, 서로의 지분을 따져보았을 때 결국 누구의 잘못도 따지기 애매한 상황이 되어버리는 것. 작은 우연과 사소한 의도가 섞여 발생한 총체적인 부득이함. 아침의 출근길을 조금이나마 아쉬워 한 나 자신이 한심하게 느껴졌다.

PT까지는 채 4시간도 남지 않았다. 더 이상 불평할 시간도 없었다. 화장실조차 제대로 가지 못한 채 벼락치기로 PT 준비에 몰두했다. 구 PD는 자신이 찍고 싶었던 건 이런 앵글이 아니었다며 볼멘소리했지만, 어느새 새로운 아이템을 충실히 담아내고 있었다.

그날 오후의 PT는 말 그대로 엉망이었다. 다행인지 불행인지 광고주의 평가는 그리 나쁘지 않았다. 정신없이 질의응답까지 끝내고 나서 회사에 복귀해 보니, 3시를 훌쩍 넘어있었다. 사무실로 돌아오는 복도에서 팀장과 마주쳤다. 그는 한창옆 팀 팀장과 수다를 떨고 있었는데, 아침의 접촉 사고에 대한 이야기였던 것 같다. 나를 보고 잠시 멈칫한 그가 PT는 잘끝났냐고 물었다. 나는 말할 기운조차 없어 '잘 끝났어요'라고대충 둘러댔다.

"내가 20년 넘게 회사 생활을 했지만, 퇴사 당일에 PT하러간 사람은 여름 대리가 처음이야."

옆 팀 팀장이, 사람 좋은 얼굴을 하고 속을 긁었다. 내 표정에서 이상한 기류를 읽었는지, 팀장이 대신 말을 받았다.

"우리 여름 대리가 마지막까지 책임감을 보여줘서 다행이지!"

앞으로 걱정이 많겠어. 그럼, 걱정이지 등의 한없이 가벼운말들이 공기 중에 흩어졌다.

"한동안 멀리 여행을 떠난다며? 혹시라도 돌아올 땐, 김 팀장 말고 우리 팀으로 와. '꼭'이야. 여름 대리 같은 인재라면 언제든 환영이니까"

회사 사람들에게 나의 계획에 관해 이야기하지 않았던 것은 정말 잘한 선택이었다는 생각이 들었다. 그렇지 않아도 지치고 고갈된 나는, 얼마간 더 지치고 고갈된 채로 자리로 돌아왔다. 점심을 건너 뛴 배에서 꼬르륵 소리가 났는데, 사실은 발표하는 내내 이 소리가 나를 미치게 했다. 속이 뜨겁게 타는 것처럼 쓰려왔다. 극심한 허기가 졌다.

"마지막 날까지 정말 너무하네. 이거 참……"

잠깐의 숨을 돌리고 얼마 남지 않은 짐을 정리하고 있을 때, 진경 대리가 차가운 라떼를 건네며 말했다. 나는 단숨에 그것을 들이켰다. 갑작스러운 냉기에 머리가 띵하고 울렸다. 카페인이 조금 들어가자 좀 살 것 같았다.

"그래도 다행이라 생각해."

내 말에 진경이 의아하다는 듯 바라보았다.

"사실 마음 한구석에 찜찜함이 남아있었거든. 쓰레기통에 들러붙어 끝끝내 떨어지지 않는 젖은 휴지같이. 그런데 이렇게 엉망진창인 하루 덕분에 털어 낸 것 같아. 다행히. 덕분에 한결 홀가분해졌어."

진경이 정말 미안한 표정이 되어서 등을 토닥여주었다.

OA기기를 반납하러 총무팀에 가는 길에 양 차장님의 자리를 지나쳐야 했다. 몇 달 전 이직해 온 30대 후반의 남자 과장이 그 자리를 대신하고 있었다. 문득 양 차장님의 장례식장에 다녀오고 얼마 지나지 않아 박홍식 과장이 했던 말이 떠올랐다. 총무팀 사람들 말로는, 양 차장님이 죽기 며칠 전부터 이상하게 일에 몰두했다고 했다. 그간 부득이하게 밀려있었던 일은 물론이거니와, 총무팀의 특성상 매월 주기적으로 해야 하는 일마저 미리 처리해 놓는 치밀함을 보였었다고…… 사람들이 빠져나간 사무실에 홀로 남아, 어두운 조명 아래 앉은 그녀의 뒷모습이 자꾸만 그려졌다. 그쪽을 바라보다 그녀의 자리를 대신해 앉아있는 새로운 과장과 눈이 마주쳤다. 나는 잘못이라도 한 사람처럼 황급히 고개를 돌렸다.

그 순간들에 그녀는 어떤 마음이었을까? 차가운 커피 탓인지 빈속이 뜨겁게 쓰려왔다.

8. 당근마켓

출국이 두 달 앞으로 다가왔다. 일상은 생각보다 소소하게 지나갔다.

뭔가를 새롭게 하고 싶다는 생각이 들다가도, 혹시나 열정을 느껴버리게 된다면 꽤나 번거로울 것 같다는 생각에 의도적으로 피하게 되었다. 더 이상 새로운 계획을 세우지 않는다. 새롭게 쇼핑하지 않는다. 드라마의 새 시즌을 시작하기가 조심스럽다. 이제 와서 남은 시즌에 대한 미련이 생기는 건 곤란하니까. 구 PD의 표현을 빌리자면 '마지막 날까지 쟁기를 끌다가는 소의 삶' 같았던 퇴사를 경험하며, 불행인지 다행인지 그러한 미련이 상당 부분 희석되기는 했지만…… 어쨌거나, 좋아했던 것들을 다시 읽고 돌려보는 일이 많아졌다. 하루키와

양귀자와 아멜리 노통브를 읽고, 왕가위와 웨스 앤더슨, 고레에다 히로카즈의 영화를 보고 또 봤다.

모순되게도 새로울 것 없는 일상에서 도리어 새로운 감정들이 피어났다. 나는 그러한 이질적 감정 속에서 내가 가진, 혹은 가졌던 삶들을 하나씩 정리해 가기 시작했다.

어딘가에서 경품으로 받은 짝퉁 에어팟과 회사 워크숍에서 받아온 은수저 한 쌍. 턴테이블은 없지만 재킷 이미지가 마음에 들어 샀던 몇 장의 LP판. 여행지에서 사 온 각종 인형과 기념품. 사놓고 제대로 입지 않은 옷들과 퇴사 박스에 그대로 담겨있는 아기자기한 사무용품들까지. 버리기에는 아깝고 남겨두기에는 별다른 쓸모가 없는 삶의 파편이 한가득하였다. 나는 특별한 의도 없이 그것들을 주희와 하나, 경진과 세미에게 나눠주었다.

"평생 간직할게."

"볼 때마다 생각날 거야."

"이게 선배라고 생각할게요."

그것들은 일종의 유품으로 취급되었다. 전혀 의도치 않았고, 바라지 않는 일이었다. 버리기에는 아깝고 남겨두기에는 애매했던 나의 부유물들이 누군가에겐 나를 추억하고, 기억을 되새김질할 메타포가 되어버린 것이다. 그렇다고 그 애매한 정체성을 사실 그대로 정정했다가는 더욱 난처해질 것이 뻔했기에, 차마 말은 하지 못하고 머쓱해져서 돌아오곤 했다. 경품으로 받은 짝퉁 에어팟과 은수저 한 쌍과 짱구의 궁둥이 따위가 유품이라니…… 나는 한 100년쯤 후에, 친구와 후배의 자손들이 TV쇼 진품명품에 나가 선대의 유품으로 책정가 몇천 원을 받아오는 모습을 상상하곤 했다. 그럴 때마다 얼굴이 부득이하게 달아오르는 것을 느꼈다.

"크흠. 이 은수저는 정교하게 만들어졌지만, 공장에서 찍어낸 기성품이에요. 여기 이 부분을 적외선 카메라로 비춰보면 지워진 문자가 보입니다. made in china라고 쓰여 있는 거 보이시죠? 무슨 사연이 있는지 모르겠지만 이런 걸 유품으로 남기시다니…… 재밌는 분이네요."

그러한 상상은 나를 머쓱하게 만들었다. 고민 끝에 나는 내 알량한 사연 따위에는 관심 없는 이들이 모여 있는, 지극히 냉정하고 충분히 계산적인 거래의 승부사들이 모인 곳으로 향했다. 그렇게 스마트폰에 설치만 해둔 채 한 번도 이용해 보지 않았던 금단의 애플리케이션, 당근마켓과의 만남이 시작되었다.

[닌텐도 '동물의 숲' 타이틀 판매합니다.]
생전 처음 시도하는 중고 물품 거래였다. 잔뜩 긴장한 채로 노원역 1번 출구 앞에서 구매자를 기다렸다. 정체불명의 정보원과의 접선을 시도하는 첩보원의 마음가짐으로, 새 학기 미

지의 짝을 기다리는 설렘으로, 얼굴 한 번 본적 없는 소개팅 상대방을 기다리는 두려움으로 나는 그를, 혹은 그녀를 상상했다. 접선 시간 2분 전. '동물의 숲' 타이틀을 꺼내어 무심하게, 그러나 한편으로 그것이 눈에 잘 띄도록 오른쪽 허벅지 옆으로 통통 튕겨주었다. 뚜벅, 뚜벅. 하루의 피로를 싣고 집으로 향하는 발걸음의 행렬 속에서 화려하게 리폼된 스니커즈 한 쌍이 눈에 들어왔다. 나에게 가까워질수록 점점 빨라지는 발걸음을 보며 나는 직감했다. 이 사람이다. 곧 화려한 신발과는 다르게 너무도 수수한 외모의 소녀가 나를 보며 환하게 미소 지었다.

"당근이세요?"

"아, 아뇨 사람인데요."

나는 생전 처음 들어보는 장르의 질문에 당황하여, 나의 존재를 정정했다. 말까지 더듬어가며.

"아, 그건 딱 봐도 알죠. 씨.에이.알.오.티 당근이 아니라는 거는"

"씨.에이.알.알.오.티?"

나는 그녀의 스펠링에 빠진 R을 하나 추가해 주었다.

"아 창피해, 알이 하나 빠졌구나. 아르르르르~"

소녀는 치아 교정기를 반짝이며 민망하지도 않은지 신나게 알 발음을 굴려댔다. 이렇게 해맑을 수가 있다니. 수수하다고만 느꼈던 얼굴은 이내 온갖 색으로 화려하게 리폼된 스니커즈처럼 장난꾸러기의 얼굴로 바뀌어있었다.

"그거요. 당근마켓 하시려는 것 맞죠?"

그러면서 소녀는 동물의 숲 타이틀을 가리켰다. 내 얼굴은 부끄러움에 당근 빛으로 물들었다. 나는 알, 아니 얼빠진 얼굴이 되어 그렇다고 끄덕였다. 소녀가 지갑을 열어 네 장의 지폐를 건넸다. 금액을 확인하고 타이틀을 건넸다. 타이틀을 받아든 소녀는 이런 거래에 꽤나 익숙한 듯 능숙하게 상품을 점검했다. 신중하게 겉면을 살펴보고, 케이스를 열어 내용물의 상태를 체크했다. 이윽고 확인이 끝났는지 '앗싸'라고 외치며 둘러메고 온 가방에 신중하게 집어넣었다. 그러고는 주섬주섬, 호주머니를 뒤적이며 뭔가를 부지런히 찾았다. 그러다 마땅치 않은지 지갑을 열어 다시 또 한참을 뒤적였다. 어찌나 부산스럽던지 나는 조금쯤 풀렸던 경계심을 다시 호출했다. 긴장과 호기심으로 소녀의 행동을 관찰했다. 소녀는 지갑의 동전 칸에서 뭔가를 꺼냈다. 그리고 나에게 내밀었다.

"여기."

나는 흠칫 놀랐다.

"아, 이상한 거 아니에요. 감사의 선물!"

나는 고개를 갸웃하며 소녀의 선물을 받아들었다.

"롱스톤이에요. 아까 먹은 포켓몬 빵에서 나온 건데, 저는 2개나 있는 거라서!"

나는 본능적으로 받아들고 나서야 상황을 파악했다. 고맙다고, 마침 꼭 갖고 싶던 거라고 말하며 소녀를 보며 어색하게 웃음 지었다. 소녀는 '진짜요? 진짜 잘됐다'라며 한참을 신나게 떠들었다. 최근 수집한 띠부띠부씰의 라인업부터, 그것들을 얻기 위해 얼마나 많은 편의점을 드나들었는지. 정신없이 떠들던 소녀는 어느 순간 학원 시간이 됐다며 바람처럼 사라졌다. 그 과정 역시 너무도 정신없고, 부산스러워서 헛웃음이 났다. 혹시나 모를 상황에 대비해 인적이 많은 접선 장소를 고르고, 최대한 가벼운 운동화를 골라 신고, 그것도 모자라 몇 번이고 꽉 조여 매고 온 나의 조심성이 부끄럽게 느껴졌다. 그렇게 나의 첫 당근거래는 소녀의 치아 교정기처럼 순수하고, 리폼된 스니커즈처럼 명랑하게 막을 내렸다. 그날 나는 꿈속에서 거대한 회색 롱스톤을 타고, 한 손에는 30cm는 족히 되는 당근을 들고 노원역 일대를 날아다녔다. 꽤나 유쾌한 꿈이었다. 그리고 그날부터, 당근마켓 거래는 내 일상의 한 부분으로 깊숙이 들어왔다.

[정품 포키인형(도쿄 디즈니랜드 굿즈 샵 정품) 판매합니다.]

[찐 알파카 털로 만든 알파카 인형 판매합니다.]

[한정판 고래 도감 판매합니다.]

세 번째 거래 이후 보다 원활한 거래를 위해 당근이 그려진 에코백을 3천 원 주고 구매했다. 덕분에 굳이 '당근이세요?'라는 존재론적인 질문을 받는 빈도가 줄어들었다. 네 번째 거래에서는 인형값 2만 원에 더해, 어머니가 시골에서 직접 농사를 지어 올려보냈다는 해남 고구마 한 봉지를 선물로 받았다. 튼실하고 선명한 자색의 고구마가 무려 5개나 들어있었다. 이후 진행된 거래들에서도 예상치 못한 나눔 공세가 이어졌다. 정체를 알 수 없는 모양의 수제 스콘과 직접 재배했다는 방울토마토, 처음 보는 풍경이 담긴 관광엽서와 커피 쿠폰, 미숫가루 한 봉지도 선물로 받았다. 고백하자면 나는 그런 것들에서 큰 위안을 받았다. 냉정하고 치밀하다고 생각했던 거래의 세계엔 뜻 밖에도 사람이 있었다. 온기가 있었다.

"그런데, 저 사람은 누구죠? 지금 저희를 찍고 있는 거죠?
아홉 번째 거래에 따라나선 구 PD가 기어코 정체를 들키고 말았다. 곧 죽음을 앞둔 사람이 삶의 잔재들을 중고 거래하는 모습은 꼭 담아야 한다며…… 제발 그러지 좀 말라는 나의 만류에도 억지스럽게 따라붙은 탓이었다. 그러나 그는 임기응변에 최적화된 사람이었다. 그가 나를 팔아 자신의 위기를 모면했다. 구구절절한 감성팔이 –'이 사람이 사실은 죽음을 앞둔 사람인데, 지금 유품을 거래하러 왔다'– 가 통했다. 서른 살 중반의 회사원으로 보이는 남자는 '이렇게 소중한 물건을 자기와 거래해 주셔서 감사하다'며 닭똥 같은 눈물을 흘리며 흐느

졌다. 그러더니 갑자기 초상권 활용 동의서를 찾기 시작했다. 촬영에 필요하다면 자기를 써도 괜찮다며. 몇 번이고 동의해 줄 수 있다고 했다. 마침 본인이 방송사에서 광고 업무를 담당하고 있는데 PPL은 필요하지 않으냐며 말도 안 되는 영업을 역으로 제안했다. 흥미로운 냄새를 맡은 구 PD는 눈을 빛내며 사내와 명함을 교환했다. 사내는 괜찮다면 저 앞 역전할머니맥주에서 살얼음 맥주나 두어 잔 하며 좀 더 긴밀하게 이야기해 보지 않겠냐고 제안했다. 나는 거절했지만 구 PD는 좋아라했다. 이내 구 PD와 이상한 광고 영업사원은 나만 달랑 남겨둔 채 하하, 호호, 껄껄, 웃으며 인파 속으로 사라져갔다.

새로운 것을 시작하지 않겠다던 알량한 다짐은 당근 앞에 무너졌다. 내 삶의 일부라도 차지하고 있던 물건들을 누군가 써야 한다면, 내가 누군지 모르는, 내 사연 따위에는 전혀 관심 없는 사람들이 차라리 낫다고 생각했다. 그렇게 과거를 정리하기 위해 시작한 일이었지만, 이름조차 생소한 동네를 방문하고 전혀 접점이 없는 사람들과 온기를 교환하는 일에서 기묘한 매력을 느껴버리고 말았다. 온기. 에너지. 열정과 집착. 내가 진즉에 잃어버렸다고 생각했던 그 뜨거움을 느껴가며 나의 일상은 점점 더 가벼워져 갔다. 그렇게 당근이 내 일상의 한 부분으로 자리 잡을 무렵, 생각지도 못한 문제가 생겼다. 더 이상 팔 게 없어진 것이다.

나는 텅 비어버린 무소유의 방에서 한참 동안 고민에 빠졌다. 할머니나 아빠, 엄마의 물건을 대신 파는 건 어떨지 진지하게 고민했다. 엄마의 등짝 스매싱으로 끝나는 엔딩이 뻔히 그려졌다. 그러다 당근을 통해 이 무소유의 방을 다시 채워 넣는 건 어떨까? 하는 생각에까지 이르렀다. 어떤 방식이든 좋은 소리를 듣기는 힘들 거라는 생각과 함께, 무의미하다는 생각이 텅 비어버린 방을 채워갔다. 그러다가 혹시⋯⋯ 이렇게 지쳐버리고, 쓸모를 다 해 버린 나의 삶 역시 당근을 할 수 없을지 생각했다. 벽에 걸린 에코백에 그려진 커다란 당근이 마치 '당근'이라고 말하는 것처럼 느껴졌다. 그 존재론적 긍정이 오히려 나를 서글프게 했다.

그렇게 나의 중고 거래는 끝이 났다.

9. 제사

고등학교 동창의 장례식장을 다녀온 날 이후부터, 엄마는 내 모든 순간을 사진으로 남기고자 했다.

"아들만 둘 있는데, 무뚝뚝한 것들이…… 지들 엄마 사진 한 장 제대로 안 찍어 놨더라고."

"그래서 어떻게 했는데?"

"한 오 년 전엔가, 가족여행으로 제주도에 가서 찍은 사진이 그나마 잘 나왔다더라."

"그래서?"

"순애 뒤로, 샛노란 유채꽃밭이 쫙 펼쳐져 있는데……"

"어머, 낭만적인데?"

"그런데, 등산복을 입었더라. 그것도 새빨간 색으로."

"아······."

"인생을 산책하듯 살지 못하고 등산하듯 살아서 그런지, 갈 때도 단단히 채비해서 가는구나 싶었지."

그날부터 나의 모든 행동이 엄마의 피사체가 되었다. 하루하루가 번쩍번쩍의 연속이었다. 번쩍. 자다가 이상한 기척이 느껴져 화들짝 놀라 눈을 뜨면 엄마가 잠든 나의 모습을 찍고 있었다. 번쩍. 밥을 먹거나 소파에 누워 TV를 보는 모습은 물론이거니와, 번쩍. 한 번은 용변을 보고 있는 화장실의 문을 벌컥 열고 그 모습을 찍기도 했다. 번쩍. 그리고 또 번쩍. 번쩍번쩍. 나는 결국 폭발하고 말았다.

"엄마! 이건 엄연히 불법이야."

방금 찍은 사진을 확인하던 엄마가 고개도 들지 않고 대꾸했다.

"내 딸 내가 찍는데 뭐가 불법이라니."

"이 정도면 도촬이라고!"

나는 엄마의 스마트폰을 향해 손을 뻗었다. 번쩍. 그러나 내가 화를 내는 그 순간에도 엄마의 렌즈는 번쩍였다. 꽃과 나무, 갖가지 식물 사진만이 가득했던 엄마의 사진첩에는 어느 순간 그 좋아하던 여름의 모란도, 가을의 수국도 사라진 지 오래였다. 거기엔 오로지 나의 하루만이 가득했다. 괴상한 자세로 침대에 널브러져 자는 나. 벌써 5번은 더 본 영화 '미 비포

유'를 보며 오열하고 있는 나. 김치찌개를 먹다 그릇을 엎지르는 나. 한 손에는 마이크, 한 손에는 술병을 들고 트로트를 열창하는 할머니와 나.

그렇게 나의 온갖 모습이 엄마에게 새롭게 저장되는 동안, 시간은 빠르게 흘러갔다. 잘 짜인 커리큘럼을 따라가듯 죽음을 위한 절차들은 순조롭게 진행되었다. 항공권을 예매했고, 만기가 된 적금을 수령했다. 마지막 순간을 함께할 안락한 침구와 잡다한 여행 소품 역시 꼼꼼히 챙겼다. 물론 새것으로 구입한 침구를 제외하고는 대부분 당근마켓에서 장만했다. 주희와 하나를 일주일에도 두세 번씩 만나 가상의 순간들을 기념했다. 처음에는 다가올 내 생일을 미리 축하했고, 주희의 생일을 축하했다. 지나간 하나의 생일 역시 다시금 축하했다. 그러다 가능성이 극히 낮은 주희의 결혼을 축하했고, 하나의 비혼식을 축하했다. 미리 축하할 일이 더 이상 없을 만큼의 많은 술을 먹고 나자, 우리는 그냥 술이나 마시기로 했다.

"너희 엄마는 네 제사를 지내신다니?"
할머니마저 치매 주간 보호센터에 가서 집이 텅 비어버린 한적한 오후. 우리는 술 중에 제일이라는 낮술을 마시며 조금씩 개가 되어가고 있었다. 왈왈. 그러던 중 하나가 불쑥 물어왔다.

전혀 생각해 본 적도 없는 질문이었다.

"글쎄? 우리 엄마 교회 다니잖아."

"그만 다닌다고 하신다며?"

"몰라. 나 천국 들어가는 것까지만 보고 그만 다니시겠다는 데……"

"그러면 계속 다니시겠네."

주희가 대답했다. 웬만한 교회의 장로까지는 거뜬히 하시겠다며 하나가 거들었다. 나는 그 둘을 빤히 바라보았다. 나 역시 그렇게 생각한다고 답하며, 술상에 놓인 방울토마토를 집어 주희를 겨냥해 던졌다. 주희는 그것을 날렵하게 피해냈다.

"안 지냈으면 좋겠어."

나는 손에 든 방울토마토를 입으로 가져가며 미래의 어느 날을 떠올렸다.

"그러게, 보나 마나 눈물바다가 되겠지."

한참을 그렇게 나의 제삿날에 대해 이야기했던 것 같다. 그러다 술에 거나하게 취한 주희가 갑자기 '오늘이 네 제삿날이다. 이년아!'라며 헤드록을 걸어왔다. 그 틈을 타서 하나가 겨드랑이며 옆구리, 발바닥 등 특별히 취약한 곳을 골라 간지럼을 태웠다. 나는 정말로 곧 제사를 마주할 사람처럼 컥컥거렸다. 아니, 그만, 제발, 로 이어지는 호소에도 둘은 멈출 줄 몰랐다. 나는 울며불며 애원했다. 과도한 음주가 두 사람의 사고를 마비시켜버린 탓이었을까? 안락사를 2개월 남겨두고 나는 죽음의 문턱을 오갔다. 한참의 소란이 이어지던 중, 삐리릭. 누군가 현관문을 벌컥 열고 들어왔다. 할머니였다. 나를 제삿날로 인도하려던 주희와 하나는 그 모습 그대로 얼어붙었다. 할머니는 현관에 우두커니 서서 상황을 파악했다. 나는 그 찰나의 순간, 할머니의 입가에 기이한 미소가 번지는 것을 분명히 봤다. 그래, 그건 확실히 미소였다.

순식간에 슬리퍼 한 짝이 날아와 주희의 옆구리에 정확히 꽂혔다. 그 사이에 거리를 좁혀온 할머니가 나머지 한 짝을 들어 하나의 등짝을 철썩 때렸다. 그 덕에 나는 둘의 협공에서 벗어나, 이년들이 나를 죽이려 했다며 할머니에게 일러바쳤다. 할머니의 손이 더욱 매서워졌다. 그렇게 한참 동안 손녀를 구하려는 치매 할머니의 활극이 펼쳐졌다. 사태가 마무리되고, 전후 사정을 들은 할머니는 재미난 장난감을 발견한 아이처럼 눈을 빛냈다. 그러다가 내친김에 지금 하면 안 되겠냐는 제안을 해왔다.

"네? 할머니?"

상황을 채 파악하지 못한 하나와 달리, 주희는 기민하게 찬성편에 섰다. 그렇게 나와 하나와 주희, 그리고 할머니는 나의 때 이른 제사상 차리기에 나섰다. 그러나 우리는 곧 저마다의 빈약한 상식과 대면하고 말았다. 기댈곳은 그나마 유경험자인 할머니의 연륜뿐이었다.

"할머니, 그래서 뭐부터 준비할까?"

"응? 그걸 왜 나한테 묻는 겨?"

"우리 중에 제사상 차려 본 건 할머니밖에 없잖아."

할머니는 귀찮음과 난처함이 복잡하게 뒤섞인 표정으로 머리를 긁적였다.

"글쎄, 너희가 하고 싶은 대로 해야지."

"그래도 뭐, 그 홍동백서나 조율이시 그런 거 있잖아."

할머니의 눈동자가 기억의 어느 지점을 탐색하듯 좌우, 위아래를 배회했다.

"요즘도 그런 걸 하누?"

"하지 않을까?"

"이 할미도 제사 안 지낸 지가 워낙 오래되어서……"

선택적 치매가 발동한 건지, 혹은 정말로 오래된 탓에 기억을 못 하는 건지 분간이 가지 않았다. 사실 할머니는 이 집안의 제사를 없앤 장본인이었다. 할아버지가 돌아가신 후 몇 년간은 부지런히 제사를 지내더니, 제사를 지내고 나면 '몹쓸 영감탱이가 꿈에 찾아와서 더 힘들게 한다.'며 오 년 정도 지낸 후 제사를 없애버렸다. 그게 벌써 십 년도 더 된 일이었다.

"그럼 어떤 것들을 올려야 해?"

그쯤 되자 할머니의 표정에 노골적인 귀찮음이 스쳤다. 본인의 제안을 후회하는 듯했다. 그러다가 할머니는 뭘 그렇게 꼰대같이 구느냐며…… 고인이 생전에 좋아하던 음식만 잘 올려주면, 그게 잘 차린 제사상이라는 나름의 논리를 펼치셨다. 어디서 꼰대라는 단어를 배워왔고, 어디서 그런 말도 안 되는 논리를 터득했는지 묻고 싶었지만, 나름대로 일리가 있어서 참기로 했다. 할머니는 그러면서 할아버지도 생전에 커피와 초코파이를 워낙 좋아하셨기에 그런 것들도 상에 올렸었다고 이야기해 주었다.

주희는 '차라리 잘됐네요, 그럼'이라고 말하고는 분주하게 스마트폰을 뒤적였다. 이내 익숙한 애플리케이션이 화면에 나타났다. 배달의 민족이었다.

"주문도 괜찮겠죠?"

할머니는 주희를 빤히 바라보며 좋은 의견이라고 하셨다. '나쁘지 않다'라며. 그렇게 우리는 신전떡볶이에 파파존스 페퍼로니 피자, 낙곱새와 애플망고, 뚱카롱 3종과 닭강정, 아이스 아메리카노가 올라간 제사상을 거나하게 차려냈다. 물론 학창 시절 귀동냥으로 들은 홍동백서 등을 참고해서 색을 배치하는 디테일은 잊지 않았다. 붉은 것은 동쪽, 하얀 건 서쪽. 그러다 보니 빨간 음식투성이의 제사상은 동서 균형발전이 전혀 되지 않은 비대칭적 모양새가 되고 말았지만……

한 상 거나하게 차리고 마지막으로 맥주잔을 인원수에 맞춰

올리고 있을 때였다.

삐리릭.

현관문 열리는 소리가 들렸다. 나는 시간이 벌써 이렇게 된 것에 깜짝 놀랐다. 지금 문을 열고 들어오는 것이 제발 아빠이기를 바랐다. 이내 문이 열리고 엄마가 등장했다. 일이 크게 잘못되어가는 것을 느꼈다. 우리는 때 이른 제사상을 앞에 두고, 양손에 장바구니를 든 엄마를 마주했다. 시선이 장바구니에 든 대파와 파인애플로 향했다. 엄마는 장바구니를 내려놓고, 냉정하게 상황을 파악하기 시작했다. 눈치 빠른 하나와 주희가 어느새 내 뒤로 와 다소곳하게 무릎을 꿇었다. 둘은 최근 급격히 감성적이고, 과격하게 변한 엄마의 소식을 익히 들어 잘 알고 있었다. 이쯤 되면 믿을 구석은 할머니밖에 없다. 우리는 할머니의 도움을 바라며 할머니가 있던 자리를 바라보았다. 이런. 그곳엔 할머니의 잔상만 남아있었다. 어느새 본인의 방에 들어간 지 오래였다. 나는 상황이 이상하게 돌아가고 있음을 뒤늦게 알아채고 황급히 화장실로 뛰어들었다. 급격하게 떨리는 손으로, 허겁지겁 문을 잠갔다.

쿵 쿵 쿵 쿵. 대파와 파인애플이 화장실 문을 타격하는 소리가 들려왔다.

"아주머니 저희는 여름이가 하자는 대로 했어요."

"맞아요. 다 저년이 시킨 겁니다."

등등의 고자질 소리가 들려오는 와중에, 할머니가 '무슨 일 있느냐'며 능청스럽게 문을 열고 나오는 소리가 들렸다. 나는 문밖의 엄마에게 잘못했으니 제발 살려달라고 빌며 자초지종을 설명했다. 엄마는 잔뜩 화가 나 있었다. 그렇게 우리 모녀는 화장실 문을 사이에 둔 채 한참을 대치했다. 얼마간의 시간이 지나고, 엄마가 알았으니 나오라며 용서의 손길을 내밀었다. 나는 오랜 대치에 지쳐있었고, 그 전부터 있었던 다사다난함이 나를 조금쯤 순진하게 만들었던 것 같다. 내가 화장실 문밖으로 나가자마자, 엄마는 등 뒤에 숨겨두었던 대파를 꺼내 들었다. 엄마의 손에는 자비가 없었다. 나는 대파의 위력을 실감했다. 등에서 느껴지는 고통과 알싸한 대파의 향기를 느끼며 엄마에게 애원했다. 엄마가 숨을 고르는 틈을 타, 주희와 하나의 옆자리로 재빠르게 이동해 무릎을 꿇었다.

"내 딸 정임아. 나는 잘 모르는 일이지만, 애들이란 모름지기 실수하며 크는 법이란다."

할머니가 상황 수습에 나섰다. 사실 이 모든 일의 시작은 할머니 아니었던가. 나는 몹시도 억울했지만, 이 상황에서 할머니가 모든 일을 주도했다고 이야기했다가는 도저히 상황이 수습되지 않을 것이란 걸 느꼈다. 그래서 잠자코 아무 말도 하지 않았다. 엄마는 할머니의 이야기를 들으며, 우리 앞을 불길하게 오가며 배회했다. 그것은 고민의 흔적이었다. 배회를 멈춘 엄마가 어디론가 전화를 걸었다.

"응, 어디야."

수화기 너머에서 익숙한 목소리가 들려왔다. 아빠였다.

"오늘 자기 딸 제삿날이래. 빨리 들어와."

수화기 너머의 아빠는 자초지종에 대한 설명을 듣길 원했지만, 엄마는 와보면 안다고 말하며 전화를 끊었다. 얼마 후 현관문이 벌컥 열리고 아빠가 헐레벌떡 뛰어 들어왔다. 얼마나 서둘렀는지 셔츠는 땀에 흠뻑 젖었고, 머리는 제멋대로 헝클어져 있었다. 아빠는 이내 무릎을 꿇고 있는 나와 내 친구들을 발견했다. 그러고선 사고가 난 게 아니라 사고를 쳤구나. 다행이다. 다행이다. 라며 한참을 중얼거렸다. 그러다가 우리 앞에 놓인, 얼렁뚱땅 배달 음식으로 차려진 제사상을 바라보고는 얼추 사고의 정체를 깨달았다.

"제사상이구나, 제사상을 차린 거야."

아빠는 기가 차는지 코웃음을 치다가 이내 껄껄껄 하며 호탕하게 웃었다. 내가 좋아하는 아빠의 웃음이었다. 아빠는 그러면서 엄마에게 다가가 등을 조심스럽게 토닥였다. 엄마는 내심 아빠가 한 소리 하기를 바란 듯했지만, 괜한 기대였다고 생각했는지 방금 전의 아빠처럼 코웃음을 쳤다. 부부는 닮아가기 마련이다.

"그렇게 하고 싶으면 다 같이 하자."

엄마가 우리를 향해 말했다.

"어떤 걸로 할래?"

"네? 무엇을 말입니까?"

나는 잔뜩 긴장해 물었다.

"영정사진"

1) 괴상한 자세로 침대에 널브러져 자는 나. 2) 벌써 5번은 더 본 영화 '미 비포 유'를 보며 오열하고 있는 나. 3) 김치찌개를 먹다 그릇을 엎지르는 나. 4) 한 손에는 마이크, 한 손에는 술병을 들고 트로트를 부르는 할머니와 나. 엄마의 사진첩에는 나의 이상한 모습뿐이었다. 나는 영정사진으로 어떤 것을 골라야 할지 몰라 한참을 망설였다. 아빠와 주희, 하나가 달라붙어서 함께 사진첩을 둘러보았다. 내가 이상하게 찍힌 사진들 중에서도 가장 이상한 모습들을 찾아가며 박장대소를 했다. 그러는 사이, 할머니가 주섬주섬 본인의 스마트폰을 꺼내 들고 제사상 가운데에 가져다 놓았다. 맙소사…… 얼마 전 할머니와 함께 사진관에 가서 몰래 찍은 영정사진이었다. 저걸 엄마한테 들켰다가는 정말 큰일 날 것 같아 재빨리 할머니에게 달려갔다. 할머니는 몸으로 사진을 사수했다. 우당탕. 엄마가 우리를 향해 걸어왔다. 저벅저벅. 나는 습관적으로 가드를 올렸고, 엄마는 할머니의 스마트폰에서 나의 영정사진을 발견했다.

"잘 나왔네……"

예상외의 답변에 당황하며 엄마를 바라보았다. 엄마의 표정이 묘하게 일그러졌다.

"잘 나왔어. 이걸로 하자."

그렇게 영정사진까지 올려두고 나서 본격적인 제사가 시작되었다. 의식이랄 건 따로 없었다. 아직 살아있는 제사상의 주인이 어디에 앉아야 하나부터, 절을 할지 말지, 한다면 누구부터 누구까지 해야 하는지 등의 산적한 논쟁에 마땅한 답을 내리지 못한 탓이었다. 내 처음이자 마지막 제사는 그렇게 엉망진창인 채로 끝났다. 우리는 이미 식어버린 낙곱새며 페퍼로니 피자 등을 전자레인지에 돌려 배부르게 먹었다. 음복주로 놓은 빅웨이브며, 버드와이저와 함께 냉장고에 있는 술이란 술은 모두 꺼내 마신 후 다 함께 거나하게 취해버렸다.

"할머니, 엄마, 아빠…… 난 슬퍼하지 않았으면 좋겠어."

잔뜩 취해버린 노랗고 빨간 얼굴들이 나를 바라보았다. 나는 술주정인 척 본심을 내려놓았다.

"나한테는 이게 여섯 번째 초밥이야. 이 순간이 너무 좋고, 영원했으면 좋겠어. 그런데 앞으로 이것보다 더 행복할 자신이 없고, 더 행복하기 위해 감수해야 하는 순간들이 너무 무서워."

그때. 뜨겁고 거친 무엇인가가 내 손을 덮어왔다. 아빠의 손

이었다. 아빠는 잘 알았다며, 산책이나 하러 나가자며 나를 잡
아끌었다.

  우리는 그렇게, 한참동안 아파트 단지 주변을 거닐었다. 밤공
기가 유난히 차갑고 시리게 느껴졌다.

10. 이별 여행

"우리는 앞으로 2+1의 삶을 살게 되겠지?"

벽난로 옆 소파 아래 기대앉아 타오르는 장작불을 멍하니 바라보고 있었다. 그런 나를 향해 하나가 선언하듯 물어왔다. 거실과 맞닿은 부엌의 전자레인지 앞에 삐딱하게 기대어 선 채였다. 전자레인지의 작동 종료음이 울리자 하나가 문을 열었다. 달콤한 핫초코의 향기가 개방된 부엌을 타고 넘어왔다. 조금 전 편의점에서 2+1로 구매해 온 제품이었다. 그러는 사이화구 속 불길이 장작을 거칠게 집어삼켰다. 선명한 붉은색으로 달아오른 장작에서 빨갛고 파란 불길이 갈팡질팡하며 피어났다. 나는 그것들의 안절부절에서 기묘한 안락함을 느꼈다.

"무슨 말이야?"

하나에게서 내 몫을 한 잔 받아들며 물었다. 하나는 흔들의자에 몸을 파묻고는 망설이듯 흔들거렸다. 나는 그 모습이 마치 화구 속 불길 같다고 느꼈다.

"앞으로 많은 것들을 주희와 단둘이 하게 되겠지. 그러는 순간마다 네가 생각나지 않을까? 주희와 단둘이 카페에 가고, 밥을 먹고, 영화를 보거나 여행을 가서도 너를 찾게 될 거야. 여름이가 있었으면 좋았을 텐데, 이건 여름이 취향인데, 이건 여름이가…… 처럼."

"여름이, 여름이, 여름이, 그놈의 여름이 ─ "

소파에 누워 창밖을 바라보고 있던 주희가 돌림노래처럼 중얼거렸다.

"존재는 부재로서 증명되는 법이니까. 여름이 네가 존재하지 않는 순간에 우리는 너의 존재를 가장 절실히 느끼겠지."

사실 그것은 내가 가장 바라지 않으면서도 한편으로는 가장 바라는 지점이었다. 나는 상상해 본다. 미래의 어느 시점으로 뚜벅뚜벅 걸어가, 삼 인분의 식사가 놓인 테이블에서 내 몫의 식기를 치운다. 나란히 놓인 두 개의 싱글침대 아래에 대충 꾸려놓은 이부자리를 걷어낸다. 따지고 보면 3명이 다니는 것보다는, 둘만 다니는 것이 많은 부분에서 편리할 것이라는 생각이 들었다. 그 부분에 대해서는 주희와 하나도 동의했다. 그렇게 우리는 내가 없는 우리의 미래에 대해, 3이 아닌 2+1로써의 일상의 기쁨과 슬픔에 대한 이야기를 주저리주저리 이어갔다. 틈틈이, 그러는 과정에서 생기는 미련과 상념을 화구 안에 밀어 넣었다. 불길은 장작을 거칠게 휘감았고 화구 안으로 던져진 모든 것을 뜨겁게 삼켜버렸다.

"바다 보러 갈까?"

문득 바다가 그리웠다. 보통 이런 상황의, 이런 분위기에서는 거절의 답변이 나오기 쉽지 않았을 것이다. 그러나 너무 춥고, 생각보다 멀다는 이유로 내 제안은 부결되었다. 사실 오후의 대부분을 겨울 바다를 바라보는 데 할애하고 온 참이었기에, 의견을 고집할 명분이 없었다. 나는 산등성이 아래에 짙게 깔린 어둠 속에서 바다의 위치를 가늠했다. 그러나 밖은 어둡고, 안은 밝은 탓인지 창에는 벽난로 앞에 둘러앉은 우리의 모습만이 비칠 뿐이었다.

"가끔은 짙은 어둠 속에서 더 잘 볼 수 있는 법이지"

딸깍. 주희가 불을 껐다. 눈이 어둠에 익숙해지자, 여전히 우리의 모습이 반사되어 있는 창문 너머로 어렴풋이 일렁이는 거대한 덩어리가 보였다. 일렁이는 어둠 위로 달빛이 반사되어 그것이 고여 있지 않고 무한히 흐르는 존재임을 각인시켰다. 우리는 강릉 바닷가의 외떨어진 숙소에서 지극한 안락함을 느꼈다. 그러는 사이, 장작을 너무 많이 넣은 탓에 불길이 벽난로 안을 가득 채웠다. 작게 열린 화구의 문 틈새로 불길이 삐져나왔다. 깜짝 놀라 벽난로의 문을 황급히 닫았다. 불길이 벽난로를 집어삼킬 듯 휘몰아쳤다. 꼭 나 같지? 나는 휘몰아치는 불길을 바라보며 작게 중얼거렸다.

"그러게, 괴팍하네."

주희가 답했다. 나는 그런 의미가 아니라고 바로잡았다.

"예전의 내 모습 기억나?"

"괴팍했지."

이번에는 하나가 답했다.

"꽤 뜨거운 편이었고."

주희가 덧붙였다.

"맞아. 어른이 되기 전에는. 아니 사실 지금도 어른이라 하기에는 한참 어설프니까…… 어느 시점까지 나는 참 뜨거웠던 것 같아. 마치 저 벽난로의 불꽃처럼."

"뭐든 열정적이었고, 잘했지."

"웬일로 칭찬이야?"

주희는 그것이 팩트라며, 매번 전교 1등을 놓치지 않았으며, 서울대를 나온 내가 자신들에게도 자랑이었다고 이야기했다. 나는 기시감을 느꼈다. 내가 계획을 처음 말하던 날, 그 식탁에서 엄마도 꼭 그렇게 말했었다.

"나는 사실 그 시절을 후회해."

"아니 왜? 제대로 즐기지 못해서?"

"그런 맥락은 아니야."

"그럼?"

"나는 예전부터 쭉 느끼고 있었어. 내가 너무 많은 장작을 한 번에 넣고 있지는 않은가 하고…… 어렴풋이 느끼고 있었다? 그러나 그게 당연한 줄 알았고, 모두가 그렇다고 생각했어."

대화를 이어나가는 동안 크게 타올랐던 불꽃이 점차 사그라들었다.

"나는 내가 꽤 많은 장작을 가지고 있다고 생각했어. 설령 다 써버린다고 하더라도 어디에선가 장작을 구할 수 있을 거라 생각했거든. 정 힘들어도 하루 모아 하루 쓰고는 살겠다. 이런 생각을 했지. 그러다가 내 삶이 진짜 빈약해지면, 가진 열정과 에너지라는 게 모두 고갈되어 버리면, 그때 가서 콱 죽어버리자. 그렇게 생각했었어. 나는 죽는 게 무섭지 않았으니까."

하나와 주희가 별다른 반응 없이 조용히 고개를 끄덕였다. 나는 말을 이어나갔다.

"사실 죽음이라는 걸 기다리고 있었으니까."

창밖의 바람이 더욱 거세어져서, 창을 모두 닫았음에도 겨울 바람의 거친 숨소리가 새어들었다.

"그런데 있지, 생각보다 그 순간이 너무 빨리 와버린 것 같아. 장작을 너무 빨리 써버렸어. 돌이켜보니까, 온기를 위해 장작을 태우는 게 아니라 과제처럼 장작을 넣고 있던 거지. 무의미하게 소진해 버렸어. 그러다 문득 보니까 내게 남은 장작이 너무 보잘것없는 거야. 며칠을 버틸 만큼도 없네? 그런데 또 도저히 구할 엄두는 나지 않고…… 쭉 그런 상태였던 것 같아."

"다른 방법으로도 구할 수 있지 않을까?"

주희가 조심스럽게 물어왔다. 나는 고개를 저으며 말을 이었다.

"그날, 양 차장님의 장례식을 다녀오는 길에서 어렴풋이 느꼈어. 신사동의 그 레스토랑에서 오이를 뱉어버리고 나오는 길에, 도산공원의 그 춥고 시린 벤치에 앉아 내리는 눈에 혀를 씻어내며 확실히 알게 되었어. 나는 유전적으로 이렇게…… 가진 장작만을 가지고 어찌어찌 살다가, 다 태워버리고 나면 더 이상 구할 수 없는 사람이란 걸. 이미 너무 많이 태워버렸고, 아주 약간의 장작을 가지고 있는데, 그 장작에 비해 나에게 주어진 인생은 너무도 길다고 느껴져."

"우리가 도와줄게. 우리가 어떻게든 도울 수 있을 거야."

나는 주희의 말에 고개를 저었다.

"사실 그날 안도했어. 아, 이제 구하러 다니지 않아도 되겠구나. 어디서 내 삶의 의미를 찾아야 할지 몰라 여기저기 기웃거리지 않아도 되겠구나. 나에게 없는 의미를 혹시 다른 사람이 가지고 있나 싶어 기웃거리고, 기대하면서 상처받지 않아도 되겠구나. 이렇게 다 태워버리고 깔끔하게 꺼져 버리는 게 유전자에 각인되어 있는 거라면, 그것도 나름 괜찮겠구나. 그런데, 너무 신기하게도 기간을 정하고 나니까 뭔가 명쾌해지더라. 이만큼이면 내가 가진 모든 걸 다 쏟아부어 미련 없이 타오를 수 있겠구나. 하고 싶은 것, 먹고 싶은 것, 보고 싶은 것, 만나고 싶은 사람들이 줄줄이 생각나고, 나한테서 다시는 찾을 수 없다고 생각했던 에너지가 다시 나오는 거야. 이게 진짜 나인 것 같고."

　나는 크게 심호흡을 하고, 나에게도 처음 떠오른 말을 내뱉었다.

　"마침표를 찍고 나자, 비로소 그 안에 써넣어야 할 문장이 보이기 시작했어."

　장작의 대부분이 타올랐지만 불길은 쉽사리 꺼지지 않았다. 이야기는 잔불처럼 이어졌다. 미련과 아쉬움이 교차했다. 그러다 우리는 각자의 취기와 졸음을 이겨내지 못하고 혼곤한 잠에 빠져들었다. 얼마나 시간이 지났을까? 나는 눈 내리는 소리에 잠에서 깼다. 창밖으로는 상당히 많은 눈이 쌓여있었다. 달빛이 반사되어 창 바로 앞까지가 바다처럼 느껴졌다. 장작은 모두 타들어 갔고, 잘게 흩어진 숯이 빨갛게 반짝였다. 보석처럼.

11. 마지막 밤

저녁으로는 김치찌개를 먹었다.

마지막 저녁 식사 메뉴로 김치찌개를 고른 것에 이의를 제기하는 사람은 아무도 없었다. 생각해 보니, 이 이야기가 시작된 식탁에서도 우리는 김치찌개를 먹고 있었다. 나는 마지막으로 여행계획을 점검했다. 가족들에게 내일 공항에 도착해야 하는 시간부터 노웨어 아일랜드에 도착하기까지의 여정을 차근차근 설명했다. 엄마와 아빠, 할머니는 단어 하나, 쉼표 하나까지 놓치지 않겠다는 듯 내 이야기에 귀를 기울였다. 우리는 식어가는 찌개를 가운데 놓고 오랫동안 이야기를 나누었다. 엄마는 이야기의 중간중간 기도를 했고, 할머니는 말없이 그런 엄마의 손을 잡아주었다. 나는 이 식탁에서의 기도가 엄마 인생의 마지막 기도가 될 것이라는 느낌을 받았다.

시한부의 생활은 우리가 오롯이 서로에게 집중할 수 있도록 선택지를 좁혀주었다. 그 덕에 우리는 그 시간 동안 서로가 함께한 추억에 대해 꽤 많은 이야기를 나눌 수 있었다. 그러나 미래에 대해서는, 내가 없이 맞이할 미래에 대해서는 할 말을 잃어버렸다. 내가 끝을 맞이하더라도, 세 사람의 삶은 계속될 것이지만.

"앞으로 뭘 하실 거예요?"

"일단 여행을 좀 가려고 한다."

무의식중에 글쎄다 혹은 잘 모르겠다는 답이 나오길 기대했던 것 같다. 그렇기에 즉각적인 계획이 답변으로 나왔을 때, 나는 적잖이 당황하고 말았다. 그러나 한편으로는 다행이라 생각했다. 천동설…… 그 얼마나 순진한 생각인가.

"어디로?"

"그냥 발길 닿는 데로. 엄마랑 할머니 모시고 바람을 좀 쐬어야지."

"부산!"

할머니가 불쑥 외쳤다.

"부산이 좋겠다."

부산은 할머니의 고향이었다.

"영도의 푸른 바다가 보고 싶네. 거기 가면 우리 영감도 있고, 조상님들도 있으니까. 간 김에 우리 여름이도 잘 챙겨달라고 부탁도 좀 해야겠다."

"좋네요, 장모님. 장인어른이 좋아하시겠어요."

"좋아하긴. 매일 싸우기만 하던 양반들이."

철썩. 할머니의 손이 엄마의 등을 사정없이 가격했다. 우리는 그 후로도 한참을 부산에 대해, 내가 없을 세 가족의 조촐한 가족여행에 대해 이야기를 나누었다. 그로부터 한참 후, 내가 타국의 밤거리에서 죽음을 포기해야 하나 고민하고 있을 때, 한 장의 사진이 전송되어 왔다. 영도의 바다. 할머니가 말한 것처럼 푸른 바다는 아니었다. 쪽빛에 가까운 어두운 바다, 그 위에 떠 있는 화물선들. 그리고 할머니가 말한 것보다 더더욱 푸르던 하늘. 나는 그 사진을 보고 눈물을 주체할 수 없었다.

식사를 마친 후에는 가볍게 동네를 산책했다. 나의 가장 오래된 기억과도 맞닿아 있는, 우리 가족이 20년을 넘게 살아온 동네. 엄마의 손을 잡고 유치원에 가고, 할머니와 함께 놀이터에서 시간을 보내고, 아빠와 함께 산책하던 동네의 시간은 과거의 어느 시점에 박제되어 있었다. 차가운 겨울의 밤공기에 서린 각각의 냄새들이 멈춘 시간 속에 잠겨있던 기억을 불러일으켰다. 우리는 밥을 먹을 때 그랬던 것처럼 서로의 이야기에 귀 기울이며 천천히 걸었다. 그러다 이렇게 우리 네 식구가

다 함께 산책하는 것이 얼마 만인지 떠올려보았다. 나는 마땅한 기억을 찾지 못했다.

"우리는 뭐가 그렇게 바빴던 걸까?"

아빠는 먼 곳을 바라보는 표정으로 나를 응시했다.

"그러게 말이다."

"내가 야근하고 늦게 들어오는 날이면, 여름이가 할머니랑 같이 저기 놀이터에서 아빠를 기다리곤 했었는데."

"맞아. 저기서 그네를 타고. 할머니는 동네 할머니들이랑 저기에 앉아 수다를 떨고."

"셋이 함께 저기 편의점에 앉아 군것질도 하고."

"맞아! 그러다 보면 뿔난 엄마가 우리를 잡으러 왔었지."

잔소리하는 엄마와 혼나는 아빠. 그 사이에서 아무렇지도 않게 웃고 장난치던 내가 있었다.

"또, 또, 나만 악당이지 아주."

우리는 그렇게 놀이터와 편의점, 내가 나온 초등학교와 사진관이 자리한 상점가, 자주 가던 삼겹살집과 치킨집을 지나 한참을 거닐었다. 상가에서 피어나는 연기가 추운 날씨 탓인지 퍼지지 못하고 곧고 높게 올라갔다. 겨울의 밤공기는 몹시도 차가웠지만, 누구 하나 춥거나 피곤해하지 않았다. 집에 돌아와서는 정해진 식순을 처리하듯, 다 함께 앉아 앨범을 보았다. 한참을 보고 또 보았다. 많은 이야기를 했고, 울고 웃었다.

그렇게, 한숨도 자지 못한 채 날이 밝았다.

12. 출국

　나의 출국은 일종의 장례식이었다. 그렇게 만류했음에도 불구하고 많은 사람들이 공항으로 배웅을 나왔다.

　장례식장을 다녀온 후에는 장례식장을 놀이터처럼 뛰어다니던 아이들의 모습이 한동안 잊히지 않았다. 죽음이라는 것의 의미를 모른 채. 그들이 있는 장소에서 무슨 일이 벌어지고 있는지 모르는 아이들의 천진난만함은 나에게 더 큰 슬픔으로 다가왔다. 그들과 다르게 그 장소의 의미를, 슬픔을 너무도 당연한 듯이 읽어냄으로써, 나 자신이 어른이 되어버렸다는 것을 더욱 실감하게 되었기 때문이다.

　공항은 아이들로 가득했다. 설렘 가득한 공항에서 오로지 우리 가족만이 장례식을 맞이하고 있었다. 주희와 하나는 공항에 내리는 순간부터 눈물을 주체하지 못했다. 가깝게 지내던 사촌 몇몇도 마찬가지였다. 엄마와 아빠는 눈언저리만 조금 붉어졌을 뿐, 슬픔을 애써 내색하지 않았다.

　최대한 이용객이 없는 아침 시간대의 비행 편을 예약했음에도 불구하고, 공항은 이미 붐비고 있었다.

　"언니, 비행기 타고 하늘나라 가는 거야?"

　사촌 언니의 4살 난 딸인 지혜가 물었다. 나는 어린아이의 시적인 표현에 감탄했고, 그냥 조금 멀리 여행을 가는 거라고 답했다. 그러면서 엄마 말 잘 듣고, 친구들과 잘 지내라고 틀에 박힌 조언을 건넸다. 지혜가 고개를 갸웃하곤 주변을 둘러보았다. 우물쭈물. 하고 싶은 이야기가 있는 눈치였다. 나는 최대한의 온기를 담은 눈빛으로 승낙의 신호를 보냈다. 지혜가 '언니에게 들을 말은 아닌 것 같다.'고 답했다. 저기 슬퍼하는 이모할머니와, 바닥에 주저앉아 울고 있는 언니 친구들을 보라며…… 우리 곁에 산발적으로 놓인 슬픔을 가리켰다. 나는 당황해서 사촌 언니를 바라보았다. 언니는 우는지 웃는지 애매한 표정으로 우리 지혜가 참 똑똑하다며 머리를 쓰다듬었다. 슬픔 속에서 웃음이 터져 나왔다. 나는 다시 사촌 언니를 바라보았고 우리 모계 혈통에 뿌리내린 해학에 감탄했다.

　그러는 사이 출국 시간이 다가왔다. 나는 한 명 한 명 시간을 들여 충분히 안아주었다.

"덕분에, 행복한 여행이었습니다."

마지막 인사를 온 힘을 다해 덤덤하게 남기고 출국장으로 향했다.

[8시 30분 출발 예정이던, 로스앤젤레스 국제공항행 아시아나항공 OZ203편이 기체 점검으로 인해 1시간 지연 출발하게 되었습니다. 불편을 드려 죄송합니다.]

기내 방송이었다. OZ203편의 부득이한 기체 점검으로 우리의 이별은 지연되었다. 덕분에 우리는 굉장히 불편하고 어색한 상황에 놓이게 되었다. 병실에 누워, 유언을 남기고도 일 년을 더 살고 돌아가셨다는 하나의 할아버지를 떠올렸다. 마지막 인사를 나눈 후 일 년간, 그들은 어떤 대화를 나누었을까? 하나에게 묻고 싶었으나 하나는 대답할 상황이 아니었다. 안쓰러운 나의 친구는 공항에 도착한 이래, 1시간 이상을 내리 울고만 있었다. 한편, 주희 역시 마찬가지로 엉망진창의 몰골이었다. 그러다 어느 순간, 주희가 눈물을 멈추었다. 어느 정도 진정이 된 듯했다. 다행스러웠다. 아니. 그러다 불현듯, 주희가 입술을 앙다물고 손가락을 꺾어가며 뚜두둑 소리를 냈다. 나는 목뒤로 소름이 돋는 것을 느꼈다. 맙소사…… 나는 적잖이 당황했다. 이 루틴은 주희가 내면에 봉인한 '미치광이 주희'

를 꺼낼 때의 루틴이었다. 무엇이 그녀를 돌아버리게 만든 것인가. 물론 짐작되는 상황은 너무도 뻔했다. 그 순간.

"여름아. 흐흐. 여름아. 흐흐."

딱, 뚜두둑, 딱. 주희가 왼손 마디를 차례대로 다 꺾은 후, 오른손으로 같은 동작을 반복했다. 그러면서 조심스럽게 걸음을 내디뎠다. 주희와 나 사이의 거리가 조금씩 가까워지기 시작했다.

"하나야. 하나야. 일어나야지…… 하나야!"

제정신이 아닌 주희는, 그런 와중에 하나를 불러일으켰다. 하나는 오열 끝에 실신 직전의 몰골이었지만, 놀랍게도 주희의 부름에 응답했다. 그리곤 주문에라도 걸린 것처럼 울음을 그친 뒤, 주희의 뒤를 따라오기 시작했다. 나는 그 괴이한 모습에 위협을 느끼고 본능적으로 뒷걸음질을 쳤다. 둘은 어느새 발걸음에 속도를 붙였고, 굶주린 좀비처럼 비척이며 나에게 가까워져 왔다. 그즈음 가족들과 친척들도 이 괴상한 광경을 발견했고, 뭔가에 홀린 듯 넋을 놓고 바라보았다.

"여름아. 흐흐. 여름아. 우리는 너의 결정을 존중하지만. 사실 완벽하게 찬성할 수 없었어. 흐흐."

주희는 영화 속 악당들의 뻔한 레퍼토리를 답습하기라도 한 듯, 흑화되어 버린 자신의 전후 상황을 친절하게 설명했다. 그러면서 숨겨두었던 자신의 본심을 드러냈다. 난처해진 나는 하나를 바라보았다.

"하나야……?"

"여름아. 흑흑. 여름아. 미안하지만 나도 마찬가지야. 흑흑."

나는 로스앤젤레스 국제공항행 아시아나항공 OZ203편의 기체 결함이, 나의 친구들에게까지 전이된 건 아닌지 심각한 고민에 빠졌다. 나는 이 주제에 대한 논의는 이미 한참도 전에 다 끝난 이야기라 생각했었다. 그러나 그것은 순전히 나만의 욕심이었다. 서운함을 느꼈지만, 한편으로는 그럼에도 불구하고 주희와 하나를 향한 미안함과 애틋함이 교차했다.

"이건 하늘의 뜻이야."

"할렐루야!"

멀리서 재미난 구경거리를 바라보던 지혜가 추임새를 넣었다.

"공항과 항공사의 뜻이지 무슨 하늘의 뜻이야."

나는 반박했지만, 공항과 항공사의 뜻이 하늘의 뜻으로도 읽힐 수 있겠구나 라고, 생각해 버렸다. 자존심이 상했다.

"사실 어렵게 너의 죽음에 동의했을 때, 하나와 이야기했었지. 흐흐."

"그랬지. 흑흑. 우리들만의 비. 밀. 약. 속. 흑흑."

"여름이의 의사를 최대한 존중해주자. 감히 우리가 상상도 할 수 없을 만큼 어렵게 내린 결정일 텐데. 그랬더랬지. 흐흐."

"그런데. 흑흑. 조건부 발동 카드를 숨겨놓았지. 흑흑."

웃음 좀비와 울음 좀비는 그러면서 공항의 이목을 잔뜩 집중시키기 시작했다. 둘은 각자의 역할에 잔뜩 몰입해서, 부끄러움마저 잊어버린 듯했다.

"하늘의 뜻. 천재지변과 부득이한 사건이 너를 가로막는다면, 그건 하늘의 뜻이 너를 허하지 않는 것이니. 그때는 우리도 마음 놓고 반대하겠다. 그러기로 했었지. 으하하하하."

"맞아. 그랬었지. 흑흑. 이건 확실한 하늘의 반대야. 우리는 사실 너의 죽음에 찬성할 수 없어."

"할렐루야!"

그러는 사이, 주희와 하나는 이상한 웃음과 울음, 말도 안 되는 논리를 펼치며 본격적으로 나를 쫓아오기 시작했다. 나는 본능적으로, 이건 농담이나 장난의 범주를 훨씬 넘어선 것이란 걸 깨달았다. 젠장. 나는 당황해 있는 엄마에게 캐리어를 맡기고, 전속력으로 둘의 반대 방향으로 달리기 시작했다. 이 상황을 수습해 주길 바라며 주변을 둘러보았다. 당황스러워하는 일행들의 얼굴에서 묘한 신남을 느껴버렸다. 나는 나의 혈통에 자리 잡은 호기심과 장난기에 진절머리를 치며, 또 다른 중재자인 구 PD를 애타게 찾았다. 구 PD는, 직업적인 호기심쟁이인 그 사람은 그야말로 엄청나게 흥분해 있었다. 이 말도 안 되는 추격신이 본인의 창작물에 색다른 재미를 더해 줄 것이라 판단한 듯하다.

"이런 제기라알!"

나는 소리를 지르며 내달렸다. 잠깐이면 끝날 줄 알았던 추격전은 생각보다 길어졌고, 한바탕 소란의 판은 커져 버렸다. 공항에서 따분함을 달래던 아이들 몇몇이 재미난 놀이를 발견하곤 추격 대열에 합류했다. 그런 아이들을 잡기 위해 그들의 부모가 합류했고, 공항 보안요원들이 소란을 진정시키기 위해 우리 무리를 뒤쫓았다. 설상가상으로 어디서 왔는지 모를 강아지 몇 마리까지 우리를 쫓아와 공항은 말 그대로 난장판이 되었다. 맙소사…… 그 무리에는 4살 먹은 사촌 조카 지혜와 그를 쫓는 사촌 언니까지 섞여 있었다. 카메라를 든 구 PD는 그 무리 옆으로 따라 달리며, 엉망진창인 모든 순간을 기록하고 있었다.

OZ203편의 기체 점검이 잘 마무리되었다는 안내방송이 흘러나왔다. 나는 마음이 조급해졌다. 바보와 멍청이들의 무리를 간신히 따돌리고, 가족들과 함께 있던 곳에 도착했다. 그러나 그곳에는 아무도 없었다. 나를 기다리고 있어야 할 엄마와 아빠, 할머니의 모습이 보이지 않았다. 나는 그 자리에 우두커니 멈춰 섰다. 온갖 생각이 물밀듯이 흘러 들어왔다. 혹시…… 나는 말도 안 되는 상상에 현기증을 느꼈다.

"여름아. 여름아!"

그때, 다급히 나를 부르는 소리가 들렸다. 나는 소리의 방향으로 고개를 돌렸다. 출국 게이트 앞에서 엄마와 아빠, 할머니가 나를 향해 애타게 손짓하고 있었다. 바보와 멍청이들을 제외한 나머지 일행들이 그곳에 있었다. 다행이다. 다행이다. 나는 작게 중얼거리며, 마지막 기력을 쥐어 짜냈다. 더 이상 한 발짝도 옮기기 힘든 몸을 이끌어 힘겹게 뛰었다. 부모님은 다급함 속에서도, 희미하게 웃음 짓고 있었다.

"재밌네. 오늘 이런 재미를 줄 줄이야."

엄마는 내 등을 토닥였다. 숨이 턱 끝까지 차오른 입에서, 헤모글로빈 맛이 강하게 느껴졌다. 그러는 사이, 추격자의 무리가 바로 뒤까지 접근해 왔다. 그르렁거리는 무리를 향해, 할머니가 신고 있던 단화 두 쪽을 벗어 위협하듯 던졌다.

"그만해! 이 잡것들아, 그만했으면 됐다."

그러는 사이, 이 소동의 주모자인 주희와 하나가 보안요원에게 붙들렸다. 붙들린 와중에도, 흐흐, 흑흑 대며 본인들의 역할에 최선을 다했다. 엄청난 메소드 연기였다.

시간이 얼마 남지 않았다. 나는 황급히 항공권 검사를 마치고, 출국장 안으로 들어섰다. 이제 저들과 나 사이에는 넘을 수 없는 게이트가 놓였다. 그제야 이 간극이, 위치가 실감이 났다. 주체할 수 없이 눈물이 흘렀다. 이제 진짜 끝난 거다. 아니 본격적으로 시작되는 거다. 나는 운명의 강을 넘어버린 설화 속 주인공처럼, 출국 게이트 너머의 가족들과 주희, 하나에게 인사를 건넸다.

"엉망진창이었지만 재밌었어. 고마워요. 다들."

주희와 하나는 어느새 제정신으로 돌아와 홀가분하게 웃고 있었다.

"잘 가. 여름아."

13. 비행

이후의 절차는 순조로웠다.

보안검색대를 지나 12번 게이트로 향했다. 아직 제대로 돌아오지 않은 호흡을 추스르는 동안 탑승이 시작되었다. 나는 75A 좌석을, 구 PD는 75B 좌석을 찾아 앉았다. 수납 칸은 언제나처럼 가득 차서 짐 놓을 공간이 마땅치 않았다. 나는 빈자리를 찾아 간신히 짐을 욱여넣었다. 그러는 동안에도 구 PD의 카메라는 나의 동작 하나하나를 면밀히 기록했다.

"여행을 시작하기도 전에 너무 지쳐버린 느낌이 들어요. 피곤하네요."

"여행이 원래 그런 거죠."

내 시선은 말의 출처를 찾아 배회했다. 구 PD가 아니었다.

74B 옆에 서서 짐을 정리하던 중년의 외국인이 눈썹을 찡긋
했다. 썩 유창한 한국말과, 꼭 그만큼 유창한 여행관이었다.
나는 그녀의 말에서 안도감을 느꼈다. 조금 후, 활주로에 들어
선 비행기는 망설이듯 한참이나 활주로를 배회했다. 지루하게
이어지던 방황이 끝나고 몸이 공중에 붕 뜨는 것이 느껴졌다.
나는 작은 창을 통해 생애 마지막이 될 서울의 모습을 오랫동
안 눈에 담았다. 멀어져 갈 때까지. 결코 짧지 않았던 나의 삶
에 대해서 생각했다. 비행기는 잠깐 격하게 흔들리더니, 구름
을 통과해 1만 피트 고도에 올라섰다. 아래로는 구름이 넓게
펼쳐졌고, 눈이 부시도록 새파랗고, 광활한 하늘이 다가왔다.

　육지는 오래된 이야기처럼 구름 속으로 사라졌고, 더 이상
보이지 않았다. 나는 확인하듯 작게 인사했다.

　"안녕."

14. 도난

출발한 지 24시간 만에 콜롬비아의 보고타 국제공항에 도착했다.

활주로에 내려선 비행기는 못다 한 말이라도 있는 듯 한참이나 머뭇거렸다. 어둠이 짙게 깔린 공항을 천천히 배회했다. 지나온 곳마다 둔중한 기계음의 잔상이 오래도록 남았다. 그러한 소음이 나에게는 '돌아갈 수 있는 마지막 기회야'라는 속삭임처럼 들려왔다. 그 때문에 나는 의도적으로 승객들의 분주한 수다에 귀를 기울였다. 잘 알아들을 수 없는 이국의 언어는 모순되게도 더없이 포근하게 느껴졌다. 그 포근함 덕에 나는 깜빡 나른한 졸음에 빠져들고 말았다. 그러다 조심스럽게 나를 흔들어 깨우는 손길에 눈을 떴다. 승무원이었다. 기내에는 나를 비롯해 늑장을 부리는 몇 사람의 승객만이 간신히 남아있었다. 구 PD의 모습은 보이지 않았다. 나는 그를 찾아 주변을 두리번거렸다. 출입구 쪽으로 한참을 더 간 곳에 구 PD가 있었다. 그가 카메라를 조심스레 받쳐 들고 나에게 손짓하고 있었다. 언제부터 저렇게 있었을까? 나는 그의 지독한 직업정신에 다시 한번 감탄하고 말았다. 카메라의 점멸하는 빨간 불빛이 계속해서 나를 주시했고, 나는 짐짓 아무렇지도 않은 척하며 구 PD의 앞을 지나쳤다. 구 PD는 조금의 간격을 두고 나를 따라왔다. 활주로에는 이미 승객들로 가득 찬 버스가 우리를 기다리고 있었다. 나는 활주로로 이어진 계단을 조심스럽게 한 칸 한 칸 밟아 내려갔다. 결코 이런 행위에서 의미를 찾고 싶지는 않았지만, 심장이 미칠 듯이 쿵쾅대기 시작했다. 달리기의 출발선 앞에 섰을 때처럼. 나는 계단의 중간쯤에 멈춰 크게 심호흡했다. 서늘한 밤공기가 폐를 가득 채웠다. 아주 멀리서 개 짖는 소리가 들려왔다. 호흡이 좀체 돌아오지 않았다. 구 PD는 아무 말 없이, 그런 나의 모습을 충분한 시간을 가지고 담아냈다.

입국장이 생각보다 한산한 탓에 금방 내 차례가 다가왔다. 사람 좋은 미소의 히스패닉계 여성이 나를 맞이했다. 콜롬비아는 상대적으로 입국 수속이 간단한 나라라고 알려져 있었지만, 그럼에도 나는 이 순간을 수십, 수백 번도 더 머릿속에 그려 보았었다. 상상 속의 나는 온갖 이유로 죽음을 반려 당했었다. 반려 당한 죽음을 트렁크에 담고 다시 24시간을 날아 인천 공항에 도착하는 결말을 맞이하는 꿈을 꾼 날이면, 나는 신음조차 제대로 내지 못한 채 잠에서 깨곤 했다.

"Passport?"

그녀의 물음이 나를 익숙하고 끔찍한 상상에서 끄집어냈다. 나는 그녀의 전염력 강한 미소에 조금쯤 안도했다. 형식적인 질문이 몇 가지 더 이어졌고, 마침내 그녀가 물었다.

"Are you here to work?"

나는 고민했다. 안락사를 위해 왔다고 사실대로 말한다면 문제 없이 입국할 수 있을까? 물론 노웨어 아일랜드가 최근 이룩한 번영을 생각한다면, 생각보다 많은 이들이 같은 목적으로 이곳을 지나쳤을 것이다. 내 망설임에서 이상한 낌새를 느꼈는지 그녀가 나를 빤히 바라보았다. 그리곤 질문을 단순화했다. 어느새 그녀의 얼굴에서 미소가 사라졌다.

"Work?"

때때로. 아니, 대부분 솔직함은 번거롭다.

"Traveller."

나는 가장 쉬운 대답을 골랐다. 그 대답에 만족했는지 혹은 안도했는지 알 수 없지만, 사라졌던 그녀의 미소가 다시 제자리를 찾았다. 그녀가 여권에 입국 확인 도장을 찍고 나에게 건 넸다. 그러면서 즐거운 여행이 되길 바란다고 덧붙였다.

"Yes it was."

그녀는 will의 자리를 대신한 was에 잠시 의아함을 느끼는 듯했다. 그러나 그것이 단지 나의 언어적 미숙함이라 생각했는지 미소로 화답했다. 다행히 반려당하지 않은 나는 짐을 찾고, 공항을 나섰다.

서늘한 가을과도 같은 날씨가 나를 맞이했다. 약간의 현기증을 느꼈다. 눈을 감고 숨을 크게 들이마셨다. 이내 서늘한 밤공기가 기관지를 가득 채웠다. 24시간을 비행해 도착한 남반구에서 맞이하는 조금 늦은 계절은, 이국의 저녁은, 기묘할 정도로 안락했다.

그래. 죽음을 맞이하기에 딱 좋은 계절이었다.

그러다 사방에서 울려대는 자동차 경적과 도로의 소음에 눈을 떴다. 순간, 주위의 소음을 집어삼킨 어마어마한 배기음이 나를 덮쳐 왔다. 나를 향해 돌진해 오는 오토바이 운전자와 눈이 마주쳤다. 그건 마치 투우사를 향해 돌진하는 수소의 기세처럼 느껴졌다. 그 찰나의 순간 과거의 기억들이 주마등처럼 스쳐 지나갔다. 나는 그 자리에서 한 발짝도 움직이지 못했다. 그 순간 나를 지배한 감정은 당혹감도, 분노도 아닌 억울함이었다. 죽기 위해 이곳에 왔지만, 이런 방식으로는 절대 아니었다. 모든 것이 끝났다고 느꼈을 때, 바로 코앞에서 오토바이가 방향을 틀었다. 나는 눈을 질끈 감았다. 그때, 가방을 둘러멘 어깨가 떨어져 나가기라도 할 것처럼 강렬한 충격이 전해져왔다. 비명보다 괴성에 가까운 소리가 터져 나왔다. 태어나 처음 경험해 보는 강한 힘이 나를 잡아끌었다. 그 탓에, 나는 줄이 당겨진 팽이처럼 팽그르르 돌아 바닥에 나뒹굴고 말았다. 어깨와 엉덩이에 엄청난 통증이 느껴졌다. 아주 간신히 고개를 들어 오토바이가 지나간 방향을 바라보았다. 그것은 나에게 돌진해 왔을 때보다 더 빠른 속도로 맹렬히 멀어져가고 있었다. 오토바이를 탄 거대한 체구의 남자가 보였고, 그의 손에 들린 나의 가방이 눈에 들어왔다. 극심한 충격 속에서 내가 소매치기를 당했다는 것을 깨달았다.

"도둑. 도둑이야!"

황급히 외쳐봤지만, 이국의 언어는 공항의 혼잡함에 이내 묻히고 말았다. 거리의 반대편에서 그 모습을 카메라에 담아내던 구 PD가 황급히 달려왔다. 그러나 범인은 이미 한참이나 멀리 달아나고 난 이후였다.

"아니, 이게 무슨 일입니까. 괜찮아요?"

구 PD가 황급히 손을 내밀어 나를 일으켜 세우려 했다. 그러나 간신히 일어설 힘조차 남아 있지 않았다. 나는 힘없이 바닥에 주저앉은 채 구 PD를 올려다보았다.

"저기 저 소매치기범 잡아야 해요."

"어디 다친 곳 없어요?"

그런 것 따위 신경 쓸 겨를이 없었다. 나는 다급해져서 그에게 애원하듯 소리쳤다.

"저기 도망가는 저 오토바이 잡아야 한다고요. 제발. 잡아야 해요."

멀어져가는 오토바이와 나를 번갈아 가며 바라보던 그가 물었다.

"뭘, 뭘 훔쳐 간 거예요?"

어느새 구경꾼들이 우리 주변으로 몰려들었다. 주저앉은 나와, 그런 나를 부축하는 구 PD를 구경하듯 내려다보았다. 알 수 없는 언어의 대화들이 오갔다. 나는 그때 서야 비로소 내가 잃어버린 것이 무엇인지 실감이 났다.

"제 죽음이요."

나는 고개를 들어 구 PD를 바라보며 말을 이었다.

"여권과 안락사 비용, 모두 저기 있어요."

"에이 설마……"

구 PD의 얼굴이 나만큼이나 창백해졌다.

"다 저기 있어요. 저 가방에…… 5만 달러……"

그의 표정으로 짐작하건대, 그 역시도 주마등을 보고 있음이 분명했다. 한동안 일시 정지의 상태로 멈춰있던 그가 뭔가 생각난 듯 분주히 움직이기 시작했다. 그가 급하게 삼각대에 거치되어있던 카메라를 들어, 바닥에 널브러져 있는 나를 담아내기 시작했다. 그 투철한 직업정신을 마주하자 놀람과 슬픔에 가려져 있던 또 다른 감정이 분출했다. 그건 분노였다. 나는 그 분노를 주체할 수가 없었다. 신고 있던 신발을 벗어 그에게 던졌다. 신발은 구 PD의 복부를 강타했다. 그럼에도 그는 투철한 직업정신으로 꿈쩍도 하지 않은 채 그 모습 또한 담아냈다.

"어차피 지금 쫓아가기에는 늦었어요. 나한테 다 방법이 있으니까, 잠깐만 기다려 봐요."

나는 남은 한쪽의 신발마저 벗어 그에게 던졌고, 구 PD는 그럴 것을 예상이나 했는지 여유 있게 피해냈다. 그는 극심한 혼란 속에서도 담담하게, 타국에서 죽음을 도난당한 나를 담아냈다. 앵글 속 빈털터리가 된 나는 떼를 쓰는 아이처럼, 맨발인 채로 바닥에 주저앉아 펑펑 울었다. 그 뒤로 국적도, 출신도 알 수 없는 구경꾼들이 잔뜩 교차했다. 마침 활주로를 벗어난 비행기가 새까만 밤하늘에 빛의 궤적을 새겨 넣었다. 카메라의 점멸하는 빨간 불빛이 나를 주시했다.

이국의 밤공기는 유난히 차가웠다.

15. 추적

나의 절망을 만족할 만큼 담아낸 구 PD가 어딘가로 전화를 걸었다.

다소간의 시간이 지난 후, 구형 소나타 한 대가 우리 앞에 멈춰 섰다. 차 문이 열리고 말끔하게 정장을 차려입은 삼십 대 후반의 남자가 모습을 드러냈다.

"아이고, 구 PD님. 이게 무슨 일입니까?"

"잘 지내셨어요?"

남자와 구 PD는 구면인 듯 반갑게 인사를 했고, 가볍게 포옹까지 했다. 그는 자신을 대사관 직원이라고 소개했다. 예상 외의 마당발이었던 구 PD가 남자에게 서둘러 현재 상황을 설명했다. 군더더기 없이 아주 정확하고 얄미운 브리핑이었다.

"여기 이분이, 조금 전 전 재산을 다 털리셨어요."

"아이고야, 가방 안에 또 든 건 없나요?"

그가 나를 보며 물었다.

"여권이랑 화장품 몇 개, 그리고 현금. 그런 것들이요……"

"아이고야, 그래도 몸 안 다친 게 어디예요."

긴 외국 생활을 하는 동안 그에게 남은 추임새는 아이고 뿐인 듯했다.

"어디예요라고 하기에는, 좀 난처한 상황이에요."

구 PD가 나를 빤히 바라보며 그렇게 대답했다. 나는 갑자기 죄인이 된 것처럼 느껴져서 몸을 움츠렸다.

"아니 왜요?"

"돈이 꽤 됩니다. 하하"

"얼마나요?"

"5만 달러요……"

그는 놀라는 순간에도 '아이고'라며 이마를 짚었다.

"그렇게 큰돈을 왜 가방에 넣어서 다니셨어요."

그러면서 대사관의 주재관인 박은, 생각보다 큰돈에 난처해했다. 그가 설명을 바라는 표정으로 구 PD를 바라보았다. 구 PD 역시 난처해했고, 내가 대신 말을 이어받았다.

"노웨어 아일랜드로 가는 길이었어요."

박 주재관이 나를 빤히 바라보았다. 그러다 '거긴 아직까지도 현금만 받나 보네요.'라고, 담담하게 말했다. 그러고는 분주하게 여기저기 전화를 걸어 능숙한 현지어로 상황을 설명했다.

"일단 도난신고는 넣어 놨어요. 말씀 주신 인상착의 가지고 수배는 때려놨는데…… 알아두셔야 할 게, 여기 경찰들이 일을 잘 안 해요. 특히 소매치기 정도는 워낙 비일비재해서 잡는다고 해도 몇 달은 족히 걸릴 텐데."

온 세상이 힘을 합쳐 나의 죽음을 막고 있는 것 같은 느낌이었다. 한국 정부와 콜롬비아 소매치기가 공조라도 한 것일까? 아니, 사실은 생각보다 더 현실적인 단위의 음모일 수도 있겠다는데 생각이 가 닿았다. 그래, 따지고 본다면 구 PD가 가장 의심스러웠다. 톱니바퀴 돌아가듯 맞물린 역경과 고난. 이 모든 것이 구 PD의 농간처럼 여겨졌다. 아니, 그 배후에는 딸의 죽음을 막기 위한 엄마와 아빠의 음모가 있을 수도 있다. 그래, 두 사람이라면 내가 웬만한 설득에는 꿈쩍도 하지 않을 것이란 걸 너무도 잘 알 테니까…… 이건 내가 스스로 죽음을 포기하게 만들기 위한 큰 그림이었던 것이다. 심장이 너무 쿵쾅거려서 구토할 것만 같았다. 이 와중에도 노트북으로 무언가를 뚝딱거리고 있는 구 PD의 모습이 의심에 더욱 큰 확신을 불어넣어 주었다. 나는 맹수처럼 몸을 웅크린 채 구 PD에게 조심스레 다가갔다. 하나. 둘. 속으로 숫자를 센 후 구 PD의 노트북을 향해 재빠르게 손을 뻗었다. 그가 능숙하게 어깨를 틀어 나의 손길을 막아냈다.

"깜짝이야! 마침 다 된 참이니까 잠깐만 기다려 봐요."

기습에 실패한 나는 그의 덤덤한 태도에 오히려 당황하고 말았다. 때문에 그의 지시에 따라 잠자코 기다릴 수밖에 없었다.

"짜잔."

그가 분주한 손놀림을 멈추고, 노트북을 우리 쪽으로 돌리면서 말했다.

"제가 누굽니까."

나는 이게 무슨 질문인가 싶어 멀뚱히 그를 바라보는데, 박 주재관이 그에게 손가락 총을 쏘며 '아하'라고 외쳤다.

"아하?"

나는 그 어설픈 손짓을 따라 했다.

"저 구PD에요~"

"맞다, 우리 구 PD님 '그것이 알고 싶냐?' 출신이셨죠?"

나는 구 PD의 정체에 깜짝 놀라고 말았다.

"토요일 저녁에 방송되는, 취재 탐사에 특화된 그 프로그램이요…?"

갑자기 구 PD를 향한 무한한 신뢰가 솟아났다. 그를 의심한 나 자신이 한심하게까지 느껴졌다.

"하하. 그건 '그것이 알고 싶다'고요. 저는 '그것이 알고 싶냐?'에요. 하하."

구 PD는 겸연쩍게 자신의 채널을 소개했다. 박 주재관이 귓속말하듯 손등으로 입을 가린 채 '유튜브, 유튜브'라고 속삭였다.

"구독자는 얼마 안 돼요. 여기 박 주재관님은 열혈 구독자로 만난 사이고요."

구 PD가 전혀 민망하지 않은 표정으로 민망해하며, 겸손을 떨었다.

"[콜롬비아 마약 카르텔에 대한 10가지 팩트] 편에 박 주재관님이 많은 조언을 해주셨죠."

"그게 조회 수가 또 장난 아니었잖아요."

둘의 이상한 콩트를 보는 동안, 나도 모르게 어느 정도 긴장이 해소됐던 것 같았다. 물론 그들이 그것을 의도한 것 같지는 않았지만 말이다.

구 PD는 '그건 그렇고'라며 분위기를 전환하며, 우리의 시선을 노트북으로 이끌었다. 그의 노트북에는 여러 장의 사진이 띄워져 있었다. 자세히 보니 조금 전의 상황이었다. 소매치기 남성이 나에게 다가오는 순간부터 낚아채는 모습, 그리고 도망치는 장면까지를 프레임 단위로 나눈 사진들. 구 PD는 그 모든 절망의 순간들을 카메라로 찍고 있었던 것이다. 어두운 탓에 화질이 썩 좋은 편이 아니었지만, 보정을 통해 절도범의 얼굴과 번호판까지 어느 정도 식별할 수 있을 정도였다. 그쯤 되자 나는 구 PD가 가진 의외의 쓸모에 감탄하지 않을 수 없었다. 한편, 그가 도둑을 쫓지 않았던 이유에 대해서도 납득이 갔다.

"이래서 아까 쫓아가지 않으신 거군요?"

그 잠깐 사이 구 PD의 어깨가 5cm쯤 올라가 있었다. 충분히 그럴 자격이 있다고 생각했다. 구 PD가 나를 바라보며 환하게 미소 지었다.

"아뇨, 제가 달리기도 느리고 싸움도 못 해서."

구 PD는 지나치게 솔직하다.

"아이고."

박 주재관이 구 PD의 솔직함에 또 한 번 감탄했다.

"이 사진들 경찰 쪽에 넘겨서 오토바이 특정하고, 그 주인만 찾아낼 수 있다면 범인을 잡는 것 역시 식은 죽 먹기겠는데요"

식은 죽 먹기라 생각했지만, 옥수수를 주식으로 하는 콜롬비아에서 식은 죽을 찾아 먹는 건 꽤 어려운 일이었다. 오토바이는 이미 도난신고가 된 상태였었고, 콜롬비아 경찰들은 일할 생각이 크게 없었다. 우리는 기약 없는 경찰의 연락을 기다리며 이틀을 버렸다. 그러는 동안 노웨어 아일랜드에 연락해 부득이한 사정을 설명했다. 그들은 나에게 일주일의 유예기간을 주었다. 그렇게 또 하루를 버티고 나자, 나는 인내심의 한계를 느꼈다. 구 PD에게 직접 나가서 수소문해 보는 것을 제안했다. 구 PD 역시 인내심의 한계를 느끼고 있었으며, 적당한 앵글이 필요했던 참이었기에 그러자며 동의했다. 우리는 구 PD의 영상에 찍힌 남자의 얼굴을 프린트한 후 공항과 그 주변을 돌며 탐색을 시작했다.

"코노쎄스 어 에스테 티포?(이 남자 아시나요?)"

그러나 파파고 애플리케이션을 통해 번역한 어색한 에스파냐어로는 사람들의 발길을 붙들기 어려웠다. 그렇게 한참의 시간을 보내던 중 구 PD의 전화벨이 울렸다. 전화를 받은 그가 자못 심각한 표정이 되었다. 나는 그에게 다가갔고, 그는 내가 들을 수 있게 스피커폰을 켰다.

"I don't know who you are. I don't know what you want."

그가 수화기 너머에 격하게 소리쳤다.

"l will find you and I will kill you."

나는 심각해진 구 PD의 표정과 그의 거친 표현에 잔뜩 긴장하여 물었다.

"뭐예요?"

구 PD가 안타까운 듯, 나를 빤히 바라보았다.

"범인이죠? 어떻게 찾은 거예요? 지금 어디래요? 하, 참나.

내가 이놈을 그냥!"

나는 몹시도 흥분해서 질문을 쏟아냈다.

"박 주재관인데요."

나는 당황해서 그를 쳐다보았다.

"네?"

"테이큰 안 보셨나 보구나. 거기 나온 명대사들인데."

이 상황에서까지 장난질이라니…… 어렴풋이 한동안 유행어처럼 여기저기서 들려오던 'I will find you'를 기억해 냈다. 배우가 리암 니슨이었던가? 딸을 잃은 아버지의 대사였다.

"아니, 왜 그런 쓸데없는 짓을 하는 거예요?"

"한 번쯤 해보고 싶었어요…… 미안해요. 박 주재관이 맛집 예약해 놓았다고 여기서 좀만 기다리라고 하네요."

미치도록 초조하고 현기증이 날 것 같은 상황이었지만, 나는 차마 그 제안을 거절할 수 없었다. 이곳에 도착한 이래로 삼 일째 맥도날드의 햄버거만 먹은 탓이었다. 그마저도 제일 저렴한 치즈버거 단품만 허락되었다. 구 PD는 그러는 와중에도 매일 같이 생색을 냈다. 한편으로는 박 주재관을 통해 수사의 진척도 체크해야 하는 상황이라서, 우리는 함께 그를 기다렸다. 얼마 후 나타난 박 주재관은, 본인이 콜롬비아에서 가장 사랑하는 집이라며 화교가 직접 운영하는 마라탕 집으로 우리를 안내했다. 콜롬비아까지 와서 3일간을 내리 맥도날드만 먹은 후 맞이하는 첫 음식이 마라탕일 줄이야. 미·중 양 강 체재로 나뉜 국제정세에 대한 심각한 걱정이 피어올랐다. 구 PD와 박 주재관은 정말이지 어딘가 좀 이상했다. 그러나 얼마 지나지 않아, 나는 박 주재관에 대한 평가를 다시 내리게 될 수밖에 없었다. 정말이지 눈물이 날 정도로 맛있는 마라탕이었다. 나는 적어도 박 주재관은 이상한 사람이 아닐지도 모른다고 생각했다.

"참, 여기."

마라탕 그릇에 눌어붙은 마지막 중국 당면을 긁어먹고 있을 때, 박 주재관이 서류뭉치를 꺼냈다.

"뭡니까?"

남은 짜사이를 그릇째로 흡입하던 구 PD가 물었다.

"그놈이요."

"네? 어떤 놈이요? 설마?"

나는 구 PD에게서 짜사이 그릇을 뺏어 테이블에 올려놓으며 물었다.

"맞아요. 여름 씨 죽음을 훔쳐 간 그놈."

나와 구 PD는 황급히 그가 내민 서류를 훑어보았다. 그러나 스페인어로 작성된 서류는 우리가 도저히 읽을 수 없는 미지의 것이었다.

"현재 코뮤나13에서 내리는 것까지 확인했어요. 그러나 그 이후의 행방은 찾을 수 없다는 내용이에요."

"아니, 그걸. 이 중요한 내용을 왜 지금 말하는 거예요?"

"여기 오기 전에 받았으니까요."

나는 한시가 급한 상황에서 바로 갔어야 하는 게 아니냐고 따져 물었다. 박 주재관은 반박할 수 없는 논리를 내세웠다.

"밥은 먹어야죠. 맛있잖아요. 여기."

그렇게 우리는 콜롬비아에서 처음으로 제대로 된 식사를 한 후, 박 주재관의 차를 얻어 타고 코뮤나13으로 향했다. 그러는 동안 나는 박 주재관에 대한 평가 역시 정말 이상한 사람으로 정정했다.

16. 코뮤나13

코뮤나13은 과거 콜롬비아 마약 유통의 중심지였다.

소매치기와 강도, 마약범죄는 그곳의 극심한 교통체증과도 같은 것이었다. 그보다는 드물었지만 살인 사건 역시 심심찮게 일어나곤 했다. 코뮤나13으로 향하는 차 안에서 박 주재관은 불과 십여 년 전까지만 해도 세계에서 가장 지독한 슬럼가로 유명했던 그곳에 대해, 진절머리를 치며 이야기를 이어갔다. 그에 따르면 그곳은 그 유명한 톨스토이의 장편소설 「안나 카레니나」의 첫 문장 - 행복한 가정은 서로 닮았지만, 불행한 가정은 저마다의 이유로 불행하다 - 조차 무의미하게 만드는 곳이었다. 언덕을 빼곡하게 채우고 있는 오래된 가옥들에는, 집마다 같은 모양의 불행이 자리 잡고 있었다. 그런 탓에 그곳의 아이들은 말을 배우기 전부터 가난을 배웠다고 한다. 아이들의 삶은 그곳에서 보낸 시간만큼 더욱 가난해지고, 점점 더 불행해져 갔다. 그것은 그들이 부여받은 유일한 경로처럼 보였다. 그러다 더 이상 불행해질 수 없을 정도로 삶이 극단에 치달을 즈음 아이들은 마약에 손을 댔다. 학교에 들어가지도 않은 나이부터 아흔 살이 넘은 노인들까지 마약에 손을 댔다고 했다. 그것은 그들의 삶이자, 생계이자, 운명이었다.

"그러나 지금은 관광지로 유명한 곳이죠."

마약 카르텔에 대한 대규모 소탕이 이루어진 이후, 콜롬비아 정부에서는 최악의 슬럼가에 대안적인 삶을 마련해 주었다. 그렇지 않았다면 그곳의 삶은 필연적으로, 어떤 방식으로든 범죄와 이어질 것이 자명했기 때문이다. 언덕을 뒤덮었던 오물이 씻겨 내려갔고, 버려졌던 건물들이 다시 지어졌다. 곳곳에 벽화가 그려졌다. 국내외 관광객들의 발길이 이어졌다. 타인의 불행은 때때로 평범한 이들에게 좋은 구경거리가 되는 법이었다. 원형 로터리에 다가갈수록 거리의 인구밀도가 높아졌다. 다양한 국가에서 온 여러 모양의 관광객이 거리를 가득 메웠다. 박 주재관이 길가에 불법주차 된 차들 사이에 능숙한 솜씨로 불법주차를 했다. 그리곤, 스마트폰을 들어 누군가에게 전화를 걸었다. 현지어로 분주한 대화가 오갔다. 잠시후, 두 명의 남성이 우리가 탄 차의 문을 두드렸다. 박 주재관이 그들과 반갑게 인사했다. 그리곤 우리를 안내해 줄 가이드라며 그들을 소개해 주었다. 상대적으로 이곳이 익숙한 박 주재관은 티토라는 몹시 어눌한 30대 남성과 동행했고, 나와 구 PD는 짝을 이뤄 파울리노라는 10대 후반의 소년을 길잡이로 앞세웠다. 한쪽 발을 절뚝이는 파울리노는 사소한 것 하나도 빼놓지 않겠다는 듯 거리의 모든 것에 대해 이야기해 주었다.

"정말 많은 이들이 목숨을 잃었어요."

언제 어디서 뽑아 든 것인지 알 수 없는 강아지풀로, 벽에 그려진 벽화들을 툭툭 치던 파울리노가 무심하게 내뱉었다. 그는 서툰 영어로 자신의 아버지로부터 형에게까지 이어져 온 비극을 이야기했다. 이야기는 관광객이 붐비는 거리를 벗어나 본격적인 탐문이 시작되기 전까지 계속되었다. 그러는 동안 번잡한 상점가가 끝나고 허름한 주택가가 시작되었다. 우리는 주민들에게 절도범의 사진을 보여주며 그의 행방을 수소문했다. 그러한 행위는 노골적인 거부감과 불편함을 불러일으켰으나, 이곳의 토박이인 파울리노가 그것들을 능숙하게 잠재웠다. 파울리노는 그러는 와중에도 틈틈이 자기 가족에 드리운 비극에 대해 이야기했다. 그에게는 그것이 가장 중요한 일처럼 느껴졌다. 반나절 동안 이어진 수소문에도 불구하고 어떠한 실마리도 찾지 못했다. 그러는 동안 언덕에는 석양이 내렸다. 범죄와 폭력의 기억은 벽지에 핀 지독한 곰팡이처럼 오래도록 남아 해가 지고 어둠이 찾아오면 스멀스멀 다시 퍼져 나온다고 했기에, 우리는 그즈음에서 하루치의 탐문을 마무리했다.

이튿날에도 별다른 소득이 없었다.

본격적인 탐문이 시작된 지 삼 일째 되는 날이었다. 우리는 하루 종일 이어진 탐문에 지칠 대로 지쳐있었다. 나는 나대로 초조함에 짓눌려 있었고, 더 이상의 새로운 앵글이 없자 구 PD도 의욕이 꺾였다. 한편으론, 그 역시 계획에 큰 차질이 생겨 초조하기는 마찬가지였다. 그렇게 셋째 날의 탐문 역시 실패해 가는 참이었다. 언덕을 따라 하나둘, 가로등이 켜지기 시작했다. 우리는 철수를 준비하며 언덕에서 서툴게 삐져나온 공원에 앉아 잠시 휴식을 취했다. 어둠에 잠긴 동네를 내려다보고 있을 때였다.

"여름 씨. 이쯤 되니까 말이죠. 우리가 이곳에 있는 것이 나름의 계시가 아닌가 하는 생각이 듭니다."

문득 박 주재관이 입을 열었다.

"무슨 말이죠…… 그게?"

짓눌린 초조함과 의도에 대한 의심에서 마땅치 않은 대꾸가 나왔다. 목소리에 부득이한 감정이 실렸다. 박 주재관은 나를 곁눈질로 슬쩍 쳐다보곤, 다시 시선을 돌려 언덕을 쓱 훑었다.

"이곳은 지구상 그 어느 곳보다 죽음에 가까이 있던 공간이었어요. 들으셨겠지만 파울리노는 아버지와 형을 잃었고, 티토는 아내와 형제들을 잃었죠. 충분히 절망할 수도 있었어요. 그럼에도 저들은 살아가는 것을 택했어요. 결국 절망의 상징이었던 이곳이 지금은 희망의 공간이 되었죠. 보세요."

그렇게 말하며 박 주재관이 손을 뻗어 공원의 바닥을 훑었다. 그의 손에 먼지가 묻어났다.

"사실, 애초에 여기서 범인을 찾는 건 불가능에 가까웠어요."

나는 그를 빤히 바라보았다.

"그러면 왜, 저희를 여기까지 안내한 거죠?"

문득 배신감이 들었다.

"보여주고 싶었어요."

"무엇을요?"

"이들의 삶을."

나는 그 말의 의미를 오랫동안 생각했다.

"죽음 따위는 잊어버리고, 다시 살아가라는 말인가요?"

박 주재관이 뭔가를 생각하는 듯하더니 조심스럽게 고개를 끄덕였다. 그의 말도 일리는 있었다. 아니, 사실은 절도범에게 현금을 몽땅 털린 이후로, 나 역시도 반강제적으로 그런 생각을 하게 됐었다. 밥을 먹다가도, 길을 걷다가도, 박 주재관이

나 구 PD와 이야기하다가도 불현듯 죽지 못한다면, 앞으로 어떠한 삶을 살아가야 할지에 대한 고민이 머릿속을 가득 채웠다. 그럴 때면 머릿속에 잠금장치가 걸린 것처럼, 어떠한 생각도 줄기를 뻗지 못했다. 나는 공항 앞에서 죽음을 도난당한 채 주저앉아 있던 모양새로, 하염없이 무기력할 따름이었다. 다시 살아간다는 건 내가 직면한 가장 큰 두려움이었다. 이곳에 조금 더 있다가는 정말로 그렇게 되어버릴 것 같아 무서운 마음이 들었다. 이미 다 타버려 재가되어 버린 장작에는 다시 불이 붙지 않는 법이다. 아니 애초에 재가 된 순간부터 장작은 더이상 장작이 아닌 셈이다.

"잠시 화장실 좀 다녀올게요."

화장실에 가고 싶었던 건 아니었다. 그저, 그 공간을 벗어나고 싶었다. 나는 그들의 시야에서 보이지 않을 곳까지 걸었다. 충분히 멀어졌다고 느꼈을 즈음, 무작정 언덕을 내달리기 시작했다. 얼마나 달렸을까? 발뒤꿈치가 스니커즈에 쓸려 벌겋게 달아올랐다. 쓰라렸다. 사방에는 어둠이 짙게 내렸다. 숨이 곧 턱 끝까지 차올랐다. 더는 뛸 힘이 남지 않아 깜빡이는 가로등 아래 쭈그리고 앉아 거친 숨을 내뱉었다. 목이 타들어 가는 것처럼 뜨거웠다. 나는 정말이지 자신이 없었다. 방법은 하나뿐이었다. 흐트러진 숨이 채 돌아오기 전에 일어났다. 여기서 이러고 있을 시간이 없었다. 나에게 남은 유일한 방법을 향해,

나의 죽을 권리를 찾기 위해 어두운 코뮤나13을 한참 동안 헤맸다. 시간을 의식하지 않았지만, 꽤 많은 시간이 흘렀을 것이다. 언덕 아래로 끝없이 이어지는 층계참 옆에서 주변을 둘러보고 있을 때였다. 멀리서 보기에도 우람한 체구의 남자가 닭한 마리를 품에 안고 언덕을 올라오고 있었다. 갑자기 심장이 쿵쾅대며 뛰기 시작했다. 나는 그를 조금이라도 더 잘 살펴보기 위해 미간에 힘을 주었다. 힘을 너무 줘서인지, 눈가가 파르르 떨려왔다. 남자의 윤곽이 보다 뚜렷해졌다. 팔 아래로 빼곡히 들어찬 타투, 쉽게 보기 힘든 거대한 체구. 그리고 어렴풋이 보이는 얼굴선까지…… 나는 숨을 삼켰다. 그 사람이다. 나는 본능적으로 알 수 있었다.

　나는 최대한 아무렇지 않은 척, 한 칸 한 칸 조심스럽게 계단을 밟아 내려갔다. 나는 아무렇지도 않다. 아무렇지도 않다. 끊임없이 자기암시를 걸어야 했다. 심장이 미친 듯이 쿵쾅댔다. 올라오는 그와, 내려가는 나의 관성에 따라 우리 둘 사이에는 채 스무 칸의 간격도 남아있지 않았다. 나는 그에게 들키지 않게 온 힘을 다했지만, 내 본능이 그를 느낀 것처럼 그의 본능 역시 나를 간과하지 않았다. 갑자기 그가 나를 빤히 바라보았다. 나는 짐짓 아무렇지도 않은 척했지만, 젊은 동양인 여자 혼자 배회하기에 이곳은 너무도 이질적인 장소였다. 내 정체를 탐구하던 그가 순식간에 몸을 돌렸다. 그리곤 괴성을 지르며 계단을 성큼성큼 뛰어 내려갔다. 그의 괴성에 순간적으로 깜짝 놀랐지만, 이내 정신을 차리고 계단을 구르듯이 달려 그를 뒤쫓았다. 온 힘을 다 짜내었다. 그를 바짝 뒤쫓았지만, 그는 이곳의 지리에 익숙하다는 장점을 살려 골목 구석구석으로 숨어들었다. 숨이 턱 끝까지 올랐다. 그러나 이대로 포기할 수 없었다. 나는 본래 욕을 많이 하는 사람은 아니었지만, 욕이 자연스럽게 거친 호흡을 타고 올라왔다.

"야 이 개자식아! 잡히면 진짜 가만 안 둬 내가. 거기 서! 이 개자식아!!!"

자신을 부르는 거라 생각했는지 멀리서 개가 짖었다. 그에 화답하듯 동네 개들이 일제히 따라 짖기 시작했다. 이내 언덕은 온갖 개들이 짖는 소리로 가득 찼다. 그렇지 않아도 미로처럼 뻗은 골목에서 방향을 잡기가 어려웠는데, 개들의 짖는 소리로 혼란이 가중되었다. 마주하는 모든 길이 지나온 길처럼 느껴졌다. 어느 순간부터 남자의 흔적을 놓쳐버렸다. 문득, 탐문을 시작할 때 박 주재관이 신신당부하던 말이 떠올랐다. '지금은 관광지로 유명한 곳이지만, 범죄와 폭력의 기억은 그렇게 쉽게 지워지지 않아요.' 불현듯 내가 지금 어디에 있는지가 실감이 났다. 공포를 떨쳐버리기 위해 다시 뛰었다. 채 내쉬지 못한 숨이 덩어리가 되어 목구멍에 걸렸다. 다리는 천근만근이었다. 힘이 풀려 주저앉을 즈음, 어느 집의 어두운 차양 아래서 나와 같은 몰골을 한 남자와 눈이 마주쳤다. 그 역시 주체하지 못할 정도로 숨을 헐떡이고 있었다. 그의 품에 안겨있던 닭이 나를 빤히 바라보다가 이내 꼬끼오하고 울었다. 그 목청이 어찌나 컸던지, 온 동네 개들이 또다시 짖기 시작했다. 나는 후들거리는 다리를 간신히 부여잡고 그에게 다가갔다. 피로와 두려움이 쌓인 걸음은 버텨내기 힘들 정도로 무거웠다.

"내 돈, 내 돈 줘요."

그가 못 알아들을 것이 뻔했지만, 나는 그에게 다가가며 계속해서 소리쳤다. 그 역시 내가 못 알아들을 것을 알면서도, 자신의 모국어로 무언가를 한참이나 되뇌었다. 그의 둔탁한 목소리에서, 그 역시도 범죄와 폭력의 기억을 가지고 있지는 않을까 불현듯 두려워졌다. 곰팡이가 슬금슬금 다시 퍼져 나오기에 지금, 이 공간과 상황은 최적의 조건이었다. 나는 최대한 숨을 깊게 들이마셨고, 그것을 몽땅 모아 내뱉었다.

"Help me!!!"

좁은 골목길에서 소리가 공명했다. 남자의 품 안에 있던 닭이 보조를 맞춰 함께 울었다. 밤중의 소란에 골목 곳곳에서 창문이 열렸고, 구경꾼들이 고개를 내밀었다. 흥미로운 냄새를 맡은 동네 아이들이 어디선가 하나둘 모여들었다. 나는 그 시선들을 믿지는 않았지만, 적어도 최소한의 보험은 들었다는 생각에 조금 안심이 되었다. 내친김에 용기를 내어 그에게 한

발 더 다가섰다. 나는 그러는 동안에도, 입으로는 Help me! Help me! 를 계속해서 중얼거렸다. 그가 불현듯 몸을 일으켰다. 나는 있는 용기를 다 짜내어, 그에게 향하는 발걸음에 속도를 붙였다. 그와 나 사이의 거리가 점점 좁혀졌다. 손을 뻗었다. 그에게 닿으려는 찰나, 그의 품에 안겨있던 닭이 내 안면으로 날아들었다. 그가 품에 안고 있던 닭을 나에게 던진 것이었다. 나는 황급히 팔을 들어서 막았으나, 둔탁한 충격과 함께 그만 뒤로 넘어지고 말았다. 다행히 엉덩이로 넘어진 탓에 충격이 크지는 않았다. 그러나 나에게 날아온, 아니 던져진 닭의 발톱이 옷에 걸렸고, 그것이 계속해서 푸드덕대는 탓에 도저히 정신을 차릴 수 없었다. 닭 역시도 당황스러웠는지 계속해서 울어댔다. 좁은 골목길에서 또다시 소리가 공명했다. 어디서도 본 적 없는 혼돈이었다. 엉망진창이었다. 나는 이 정신 없이 요란스러운 동물에 대한 두려움과, 상황에 대한 당혹감으로 도무지 정신을 차릴 수 없었다. 나는 닭처럼 울부짖으며 Help me! 를 계속해서 외쳐댔고, 닭은 나처럼 울부짖으며 계속해서 꼬꼬댁하고 울어댔다. 그 이후의 일은 정확히 기억나지 않지만, 한 아이가 조심스럽게 다가와서 능숙하게 닭의 목을 잡고 발톱을 빼줬던 것만은 어렴풋이 기억난다.

  간신히 정신을 차렸을 때, 나는 닭을 품에 안고 있었다. 발톱을 빼줬던 마음씨 착한 아이가 녀석을 내 품에 고이 안겨준 것이었다. 좀 전의 그곳에 이 닭을 내버려둔다면 하루치의 일용할 식량이 될 것이 뻔했기에, 어쩔 수 없이 닭을 품에 안고 걸었다. 작은 수풀이라도 나타난다면 그곳에 닭을 풀어줄 생각이었다. 신기하게도 닭은 얌전히 있었다. 아마, 마음씨 착한 아이에게 머리를 두어 대 얻어맞은 탓이었으리라…… 남자와 마주쳤던 계단에 다다를 때까지 작은 수풀도 나타나지 않았다.

너무도 지쳐버린 나는, 계단 아래 철퍼덕 주저앉았다. 조금 전 넘어질 때 부딪혔던 엉덩이가 욱신거렸다. 갑자기 눈물이 났다.

"아, 죽기 더럽게 힘드네. 진짜……"

꼬끼오!!!

그때, 닭이 목청을 높여 울었다. 닭을 안은 품이 따듯했다.

17. 조우

박 주재관이 화를 냈다.

"아니 정말 죽고 싶어서 작정한 거예요? 여기가 얼마나 위험한 곳인데."

그는 그렇게 물으며, 내가 죽고 싶어서 작정한 사람이었다는 걸 상기했다. 그가 한숨을 크게 내쉬고 담배를 하나 꺼내 물었다.

"어휴…… 도대체 무슨 일이 있었던 거예요. 그 닭은 또 뭐고?"

이번에는 구 PD가 물었다. 그 역시 잔뜩 화가 난 표정이었다. 모순적이게도 그들의 표정에서 도리어 안도감을 느꼈다. 나는 조금 전 일어났던 일을 조심스럽게 꺼내놓았다. 그들에게서 도망쳐 나올 때의 이야기는 의도적으로 생략했다. 대신 화장실을 찾으러 갔다가 범인으로 보이는 남자를 발견했고, 그를 쫓다 보니 이렇게 되었다며 적당히 둘러댔다. 내 이야기는 그들의 흥미를 불러일으키기에 충분했다.

"맙소사, 그래서 범인은요?"

"다 잡았는데. 정말이지 이렇게 손을 뻗으면 닿을 거리였는데……"

갑자기 서러움이 북받쳐 올랐다. 추격하는 동안 억눌러 두었던 두려움이 지연이자까지 붙어 한꺼번에 몰려왔다. 나는 원래 눈물이 많은 사람이 아니었는데, 이 지독한 여정이 나를 울보로 만들어 버렸다. 나는 한참을 울었다. 파울리노가 내 등을 토닥여주었다.

"그건 그렇고, 곧 잡을 수 있을 것 같아요."

나는 박 주재관이 건네준 손수건으로 훌쩍. 콧물을 훔치며 말했다. 박 주재관의 표정이 일그러졌다.

"범인이 여기 있다는 것이 거의 확실해졌으니, 확실한 소득이네요."

박 주재관이 손수건을 빼앗듯 건네받으며 말을 이어나갔다.

"날이 밝는 대로 경찰에 다시 연락해 보죠."

나는 박 주재관을 간절히 바라보았다. 지금 하면 안 되냐는 의지를 담은 눈빛이었다.

"여기 경찰들 잘 아시잖아요. 늦게까지 일 안 합니다."

그가 시계를 들어 보여주었다. 10시가 훌쩍 넘은 시간이었다. 나는 고개를 돌려 언덕을, 언덕으로 이어진 하늘을 바라보았다. 짙은 어둠이 사방에 무겁게 내렸다. 드문드문 켜진 언덕의 불빛이 우리를 내려다보고 있었다. 하늘엔 별이 가득했다. 닭이 또 눈치도 없이 꼬끼오하고 울었다.

다음 날은 아침부터 비가 내렸다. 우리는 박 주재관이 오기를 기다리며 호텔 로비에 널브러져 있었다. 전날 12시가 넘어서야 간신히 호텔에 도착한 것의 여파였다. TV에서는 밤새 인근 도시에서 발생한 범죄 조직 간의 대규모 총격전에 대해서 반복적으로 보도하고 있었다. 수십 명이 죽었다고 했다. 지금 우리가 있는 이곳이 녹록지 않은 곳이라는 것이 다시금 실감 났다. 그즈음 박 주재관에게서 연락이 왔다. 그가 우리에게 지난밤의 총격전에 대해 알고 있느냐고 물었다. 우리는 지금도 그 뉴스를 보고 있다고 대답했다. 박 주재관은 그 사건 탓에 오늘도 단 1명의 경찰 인력마저 지원받을 수 없는 상황이라고 했다. 그처럼 거대한 사건이 터졌는데, 우리가 겪는 사소한 문제에는 도움을 줄 수 없다며…… 물론 사소하다는 표현은 자신의 생각이 아니라, 경찰 측 담당자의 말이라는 것을 다시 한번 강조했다. 아무튼, 박 주재관이 다방면으로 수소문해 봤지만 조금 기다려달라는 말만 돌아왔다고 했다. 얼마나 기다려야 하는지에 대한 물음에는 대답하지 않았다고 했다.

"그렇다면 어쩔 수 없죠. 우리끼리 잘 해봐야죠. 어디쯤 오셨어요?"

내 물음에 박 주재관이 난처한 듯 헛기침을 두어 번 했다.

"저도 현장으로 가는 중입니다."

"무슨 현장이요…… 설마?"

"하필이면 총격전이 발생한 곳이 현지 한인 교민이 운영하는 마트였다고 하네요. 다행히 인명피해는 없다고 하는데, 워낙 큰 사건이라 당분간은 보기 힘들 것 같네요. 죄송해요."

사실, 박 주재관이 죄송할 상황은 아니었다. 그가 할 만큼 했다는 것에는 우리 모두 동의하는 바였다. 그럼에도 아쉬움을 감출 수는 없었다. 마침 어느 정도 사건의 실마리를 잡았다고 생각했는데…… 범인은 실제 우리의 예상대로 코뮤나13에 있었다. 또한 어제 사건의 목격자들 역시 적지 않았기에, 정말 범인의 턱 밑까지 추적했다고 믿었다. 그렇기에 박 주재관의 부재가 더욱 크게 느껴졌다.

잔뜩 풀이 죽은 구 PD와 나는 택시를 잡아타고 코뮤나13으로 향했다. 박 주재관의 빈자리는 파울리노의 친구 카를로스와 조나단, 그리고 조나단의 동생 일리나가 채우기로 했다. 이번에는 나와 구 PD, 파울리노가 한 팀이 되었고 티토와 나머지 친구들이 한 팀이 되어 탐문에 나섰다. 그렇지 않아도 심한 비탈길에 장대같이 쏟아지는 비까지 더해지자, 언덕은 워터슬라이드가 따로 없었다. 우리는 미끄러지고 넘어지기를 반복하며 동네를 헤집고 다녔다. 운 좋게 어제 사건의 목격자도 몇 사람 만났지만(치욕스럽게도 그들은 나를 치킨걸이라고 불렀다), 그들은 어젯밤의 이야기만 몇 번이고 반복할 뿐, 우리가 찾는 범인에 대해서는 전혀 관심이 없었다. 그들은 한결같이 그를 알지 못한다고 답했다. 하루 종일 내린 비는 우리의 체력을 급속도로 갉아먹었다. 우리는 평소보다 빠르게 지쳤고, 어둠 역시 평소보다 빠르게 내렸다. 다음날도 아침 일찍부터 비가 내렸다.

전날 비를 많이 맞은 탓인지, 아침부터 몸살 기운을 호소하던 일리나는 점심시간이 되기 전에 몸져누웠다. 조나단이 그녀를 부축해서 집으로 떠났다. 턱 밑까지 추적했다고 생각했던 범인이 점점 더 멀게만 느껴졌다. 그날, 그 저녁에 어떻게 해서든 그를 붙잡았어야 했다는 미련이 계속해서 나를 따라다녔다. 아니, 애초에 공항 밖을 나왔을 때 조금만 더 조심했었더라면……

과거에 대한 후회는 사람의 마음을 갉아먹곤 한다.

그것은 마치 빈민가에 내리는 장대비와도 같은 것이었다. 그래서였을까? 샌드위치 가게에서 간단하게 점심을 때우던 중,

나는 파울리노에게 버럭 화를 내버리고 말았다. 그가, 며칠간 이어져 온 레퍼토리처럼 자신의 비극적인 가족사에 대한 이야기를 또다시 꺼냈기 때문이었다. 나는 정말이지 그래서는 안 됐었다. 엉뚱한 분노를 직면한 파울리노의 얼굴이 터질 듯이 붉어졌다. 그리곤, 자신의 주머니에서 샌드위치값 2달러를 꺼내 테이블에 올려놓고 가게 밖으로 나가버렸다. 조금 후에, 그 자리에 카를로스와 티토 몫의 2달러씩이 또 올려졌다. 구 PD가 바로 그들을 따라가서 설득해 봤지만 역부족이었다. 그들 역시 소득이 없는 며칠간의 수소문에 한참이나 지쳐있었던 탓이다. 돌이켜보니 모든 것이 다 내 잘못인 것만 같았다.

"그래서는 안 됐어요."

구 PD가 애써 침착함을 유지한 채 말했다.

"파울리노와 티토는 우리에게 최선을 다했어요."

궁지에 몰린 기분은 가끔 우리를 제멋대로 굴려댄다. 나는 그 어느 때보다도 내가 형편없는 사람이라는 것을 온전히 직면하고 말았다. 식탁 위에 놓인 구겨진 6달러의 지폐가 내 가치인 양 느껴졌다. 아니, 그보다도 한참이나 보잘것없을 것이다. 나는 울음을 참기 위해 입술을 앙다물었다.

전화벨이 적막을 깼다. 노웨어 아일랜드였다. 수화기 저편에서 언제쯤 도착할 수 있는지를 물어왔다. 나는 한 번 더 입술을 앙다물 수밖에 없었다. 재차 물음이 이어졌고, 간신히 울음을 삼켜냈다. 나는 부득이한 사정이 아직 해결되지 않고 있다고 말했다. 전화기 너머의 직원이 삼 일 남은 데드라인을 다시한번 강조했다. 통화가 끝났다. 우리는 반쯤 먹다 남은 샌드위치를 사이에 두고 한참을 그렇게 앉아있었다. 차양에 떨어지는 빗소리만이 주변을 채웠다.

"3년 전, 아내가 세상을 떠났어요."

구 PD가 갑작스럽게 정적을 깼다.

"꽤 오랫동안 아팠어요. 암이었는데…… 죽기 한두 해 전부터는 안락사를 하고 싶다는 이야기를 자주 했었어요."

구 PD와 몇 개월을 함께했지만, 그가 자신의 이야기를 먼저꺼낸 것은 처음이었다. 전혀 예상치도 못한 이야기에 상당한충격을 받았지만, 내심 동요하지 않은 척 물었다.

"그럼 설마…… 아내분도 안락사를 선택하신 건가요?

그제야 현 변호사가 나에게 구 PD를 소개해 준 이유가 납득이 갔다.

"아니요, 죽기 전까지 병원에서 연명치료를 받았어요."

예상 밖의 대답이었다. 나는 그가 이야기를 이어가도록 조심스럽게 고개를 끄덕였다.

"아주 작은 희망이라도 놓고 싶지 않았어요. 자고 일어났는데 아내의 암세포가 거짓말같이 말끔히 사라지거나, 기적처럼놀라운 항암치료제가 개발되는 상상을 하루에도 수십 번씩 더

했어요. 처음에는 그런 것들이 다 아내를 위한 일이라 생각했었는데. 결국에는 그런 닿을 수 없는 희망들이 아내에게는 걸림돌이 되고 말았죠. 생각해 보면 모두 다 제 욕심이었어요."

"아니요. 주제넘을 수 있겠지만, 이해할 수 있을 것 같아요. PD님은 남편의 입장에서 충분히 해야 할 일을 하신 것뿐이에요……"

"경로의존성이라는 말. 아시나요?"

나는 어렴풋이 들어본 적이 있다고 말했다.

"과거에 만들어진 제도나 방식이 현시점에서는 최선이 아님에도 계속해서 사용되는 현상이에요. 한번 정한 경로는 쉽게 바뀔 수 없다는 거죠. 저한테는 안락사라는 경로는 어떤 방식으로도 존재하지 않았어요. 아내 입장에서는 갈 수 있는 길이 모조리 끊겨버린 상황이었는데, 그 와중에도 제 경로만을 고집한 셈이었죠. 아내가 죽고 그 죄책감으로 삼 년을 보냈어요. 그러다 매형의 소개로 여름 씨를 만나게 된 거고요. 참, 현 변호사님이 제 매형이란 거 이야기 안 했었죠? 아무튼, 여름 씨의 안락사를 곁에서 지켜보다 보면 아내를 이해하게 될 수 있을 줄 알았어요. 그리고 실제로, 스스로 선택하는 죽음이라는 게 경로가 될 수 있겠다 싶은 순간들도 있었고요."

너무 갑작스러운 이야기에 도저히 정신을 차릴 수 없었다. 찰나의 공백이 아득히도 길게 느껴졌다.

"무슨 말을 하는지 잘 모르겠어요. 왜 지금에 와서 그런 말씀을 하시는 거죠?"

"저는 여름 씨와 여름 씨의 죽음을 존중해요. 그런데, 상황이 이 지경까지 이르렀다면 포기하는 게 맞는 것 같습니다."

"무엇을요?"

짐짓 모른 체 하며 물었다. 구 PD의 눈이 붉게 물들어있었다.

"죽음이요. 그만하죠…… 방법이 없잖아요."

나는 납득할 수 없다고 대답하고 싶었다. 그러나 그의 말에 반박할 근거를 도저히 찾을 수 없었다. 그래, 방법이 없었다. 돈도, 그 돈을 찾아줄 사람도, 간신히 부여잡고 있던 희망까지 더 이상 존재하지 않았다. 나는 구 PD의 아내가 3년 전 서 있었다던, 길이 모조리 끊겨 버린 길 위에 우두커니 서 있을 따름이었다.

"그래요."

구 PD는 내 대답에 적잖이 당황했다. 뭔가를 생각하는 듯하다가, 어려운 결정을 내려줘서 고맙다고 이야기했다. 불현듯 유언을 남기고도 일 년을 더 살고 돌아가셨다는 하나의 할아버지가 떠올랐다. 이미 죽어버린 나는, 이제 어떤 삶을 견뎌내야 할까?

비가 좀체 그치지 않아 숙소로 돌아가는 길이 심하게 정체

되었다. 돌아가는 택시에서 지난 6개월간의 시간을 되짚었다. 구 PD의 사연을 알고 나자, 그동안 도저히 납득하기가 어려웠던 구 PD의 행동들이 조금쯤 이해가 되기 시작했다. 그는 출발할 때부터 창밖을 하염없이 바라보다가 어느새 눈을 감고 있었다. 잠을 자는 걸까. 무슨 꿈을 꾸고 있을까. 문득 그에 대한 연민이 피어올랐다. 호텔까지 채 10여 분이 남지 않은 시점부터 빗줄기가 더욱 거세지기 시작했다. 한 치 앞도 가늠하기 힘들 정도로 거세고, 거친 비였다. 그 무렵 전화벨이 울렸다. 이번에도 발신자는 노웨어 아일랜드였다. 마침 그들에게도 내 계획이 변경되었음을 알려야 했던 참이라, 잘됐다고 생각하며 전화를 받았다. 수화기 너머의 목소리가 다급했다.

"한. 잃어버린 게 5만 달러라고 했죠?"

나는 단도직입적인 물음에 적잖이 당황했지만, 이내 그렇다고 대답했다.

"한국에서 왔고, 검은색 나이키 가방이 맞나요?"

의자에 기댄 등에 갑자기 식은땀이 흘렀다. 그러는 동안, 가방 속 또 다른 내용물들에 대한 물음이 이어졌다. 나는 노웨어 아일랜드에 저런 상세한 내용까지 이야기했었는지 생각해 본다. 기억이 나지 않았다.

"맞나요?"

전화기 저편에서 다시 물었고, 나는 그렇다고 대답했다.

"찾은 것 같아요."

나는 너무도 당황한 나머지 스마트폰을 떨어트리고 말았다. 어느새 잠에서 깨어난 구 PD가 황급히 스마트폰을 주워 내 손에 쥐여주었다.

"주소를 불러드릴게요. 거기로 가보세요. 단, 경찰을 부르거나 그러면 없던 걸로 하겠다니까…… 조심하셔야 해요."

황급히 차를 돌렸다. 억수같이 쏟아지는 비와 차량정체를 뚫고 다시 코뮤나13으로 향했다. 군데군데 침수된 도로에서 흙탕물이 거칠게 튀어올랐다. 가는 동안 우리는 이것이 신종 범죄가 아닐지 하고 한참을 고민했다. 그러나 그러기에는 정황이 너무 구체적이고, 당사자가 아니라면 알 수 없는 정보를 이야기하고 있었다. 더 이상의 고민은 잠깐 접어두기로 했다. 차는 우리가 근 일주일을 배회하던 코뮤나13의 언덕을 타고도 한참을 올라갔다. 그러다, 더 이상 차가 오르기 힘든 경사를 마주했다.

가난한 동네에서도 가장 가난한 언덕이었다. 비를 타고 여기저기서 오물이 흘러넘쳤다. 비릿한 비의 냄새를 뚫고 지독한 악취가 풍겨왔다. 전달받은 주소로 향할수록 길은 더욱 좁고 가팔라졌다. 해가 지기에는 조금 이른 시간이었으나, 하늘을 가득 채운 먹구름 탓에 이른 어둠이 내렸다. 어떤 종류의 범죄가 일어나더라도 특별한 일처럼 느껴지지 않을 분위기였다.

나는 혹시나 하는 마음에 쓰레기 더미에서 망가진 가구의 잔해를 주워들었다. 좀 짧은 감이 있었지만, 몽둥이로 쓰기에는 적당한 수준이었다. 그 모습을 보던 구 PD 역시 잠시 걸음을 멈추고 주변을 둘러보지만, 마땅한 물건을 찾지 못했다. 그는 한참을 둘러보다가 쓰레기가 잔뜩 담긴 비닐봉지를 하나 주워들었다. 나는 그의 선택에 의문을 표했지만, 그 나름의 계획이 있는 듯했다. 그렇게 나는 망가진 가구의 다리를, 구 PD는 이국의 쓰레기가 잔뜩 든 비닐봉지를 든 채 결의에 찬 표정으로 걸음을 옮겼다.

18. 가브리엘라

불행이라는 단어로 집을 짓는다면 그런 모양새였을까?

문을 열어준 건 금방이라도 쓰러질 것처럼 비쩍 마르고 초췌한 소녀였다. 소녀는 우리를 맞이하는 짧은 순간에도 계속해서 기침을 했다. 채 두세 평이 되지 않는 작은 방에는 약 냄새가 가득했다. 오래되어 지지직거리는 컴퓨터의 스피커에선 블랙핑크의 노래가 흘러나오고 있었다.

"안녕하세요."

조금 어눌했지만, 분명히 한국말이었다. 그 인사는 한때 가구였던 몽둥이를 움켜쥔 나와, 쓰레기가 가득 든 봉투를 든 구 PD를 당황하게 만들기 충분했다. 위험이 온전히 사라졌다고 단언하기는 힘들었지만, 우리는 서로의 눈빛에서 무언의 신호를 읽어냈다. 소녀가 눈치채지 못하게, 조심스럽게 그것들을 문 옆에 내려놓았다.

"위험한 동네죠?"

그런 우리를 바라보던 소녀가 미간을 찡긋하며 물었다. 나는 잔뜩 민망해진 상태로 그런 것 같다며 고개를 끄덕였다. 소녀는 우리를 방 안으로 안내했다. 걱정스럽긴 했지만, 누가 보더라도 아픈 소녀를 장대비 쏟아지는 문 앞에 계속 세워둘 수는 없었다. 아니, 그것은 나만의 생각이었던 걸까? 구 PD는 촬영을 명분으로 문 앞에 멈춰 섰다. 나는 소녀를 따라 들어가며, 구 PD가 조심스럽게 쓰레기봉투를 자신의 곁으로 가져다 놓는 것을 보았다.

방은 작고 낡았지만 나름대로 잘 정리되어 있었다. 소녀는 약간의 한국말과 그보다 조금 괜찮은 영어를 할 줄 알았다. 그러나 우리는 보다 원활한 대화를 위해, 파파고의 도움을 받기로 했다. 소녀의 이름은 가브리엘라였다.

"죄송해요."

대화는 그녀의 사과로 시작되었다. 나는 그녀의 사과에서 지금의 상황이 거짓이나 농담이 아니란 걸 다시 한번 실감했다.

"노웨어 아일랜드에 전화를 건 사람. 가브리엘라가 맞나요?"

"네 맞아요. 제가 전화를 걸었어요."

"제 가방을 보관 중인 것도 맞고요?"

소녀가 고개를 끄덕였다. 며칠간의 고생과 걱정, 절망과 좌절이 주마등처럼 스쳐 지나갔다. 눈물이 차올랐다. 눈물을 보이고 싶지 않아 고개를 들어 방을 둘러보았다. 투박한 마무리의 낡은 벽에, 그만큼 낡은 가족사진이 붙어있었다. 어린 가브리엘라와 그녀의 엄마로 보이는 여자, 그리고 내 돈을 훔쳐 갔던 남자가 행복하게 웃고 있었다.

　"저는 죽을병에 걸렸어요."

　가브리엘라의 갑작스러운 고백이 나를 다시 대화로 이끌었다. 나는 파파고가 잘못되었나 싶어 그녀에게 재차 물었다. 가브리엘라가 이내 어눌한 한국어로 또박또박, 한 글자씩 같은 말을 반복했다. 삼 일 후면 죽을 수 있게 된 나는, 소녀의 시한부 고백에 할 말을 잃어버렸다. 그러면서 소녀의 의도를 생각해 본다.

　"수술을 받지 못하면, 두 달도 못 가 죽어요."

　파파고의 감정 없는 음성이 그녀를 대신해서 말했다. 멀리서 우리의 대화를 듣던 구 PD가 고개를 들어 나를 바라보았다. 난처한 눈빛이었다. 그가 입술을 앙다물고 고개를 좌우로 저었다. 생각의 바퀴가 엉망진창으로 뒤엉켰다. 그러니 나에게 돈을 달라는 이야기인가?

　"정말, 정말 미안한데…… 이 돈은 나에게도 꼭 필요한 돈이에요."

소녀는 희미하게 웃으며, 파파고에 이것저것 단어를 입력해 본다. 적당한 단어를 찾는 모양새이다. 파파고가 소녀를 대신해서 말했다.

"저는 부끄러움을 모르는 사람이 아니에요."

소녀의 표정이 단호해졌다.

"며칠 전, 아빠가 이야기했어요. 제가 살 수 있는 방법을 찾았다고. 돈을 구했다면서 엄청나게 기뻐했어요. 그런데 저는 마냥 기뻐할 수 없었어요. 우리 아빠는 정말 착하고 좋은 아빠인데, 솔직히 능력은 형편없거든요. 그런데 그 큰돈을, 5만 달러를 구했다고 하니까…… 틀림없이 뭔가 구린 구석이 있겠다고 생각했죠. 그 뭔가가 정말 궁금했는데, 한편으로는 알고 싶지 않았어요. 저도 살고 싶었으니까. 그런데 늘 이 호기심이 문제에요. 그래, 알기만 하자. 그런 생각으로 아빠의 방을 뒤졌어요. 아빠가 밖에 나간 사이에 몰래…… 그러다 침대 밑에서 언니 가방을 발견했어요. 검은색 나이키. 맞죠?"

나는 고개를 끄덕였다.

"노웨어 아일랜드…… 저도 들어봤어요. 사실 저도 거기 가고 싶었는데. 아무튼, 그래서 거기에 전화했어요. 아빠가 가방을 훔친 건 이야기 안 했고, 어디서 주워 왔다고만 이야기했어요. 미안하지만 이 정돈 눈감아주세요. 전화하고 나서도 한참을 고민했어요. 그런데, 그런 생각이 들었어요. 나는 이렇게 아픈데도 살고 싶은데, 아프지 않은 사람이 그렇게 간절히 죽고 싶은 거라면…… 그 사람이 나보다 더 힘들 수 있겠구나. 그런 생각이요.”

　울퉁불퉁한 벽과 얼룩진 천장. 바닥을 굴러다니는 먼지. 문틈과 오래된 가구. 눈물을 보이고 싶지 않아 고개를 들어 사방을 둘러보는데도 눈물이 도저히 멈추지 않았다. 집 안의 모든 것들이 빙글빙글 돌았다. 지구의 자전이 내가 따라잡을 수 없도록 거칠게 회전하는 것처럼 느껴졌다. 나는 잃어버린 내 죽음을 찾으러 왔지, 여기서 이런 방식으로 이해받게 될지는 꿈에도 생각하지 못했다. 그것은 엄마와 아빠도, 할머니도, 주희와 하나에게도 온전히 받지 못한 것이었다.

　“아빠를 용서해 주세요.”

　가브리엘라가 팔을 뻗어 내 손을 잡았다. 뼈마디가 온전히 느껴지는 깡마른 손이었다. 거칠었다. 문득, 양 차장님 어머니의 굳은살이 내려앉은 거칠고도 투박하던 손의 감촉이 되살아났다. 나는 그 자리에서 가브리엘라의 거친 손을 잡고 펑펑 울고 말았다. 그녀 역시 그렇게 한참을 울었다. 그러는 동안에도 가브리엘라는 계속해서 기침을 했다. 울음의 와중에도, 아픈 그녀가 그대로 죽어버리지는 않을까 고민이 들 정도였다. 울음이 잦아든 가브리엘라가 말했다.

　“그냥 용서해달라는 건 아니에요. 저기 문 열어보세요.”

나는 주저했다. 구 PD가 쓰레기봉투를 문 옆에 두고, 조심스럽게 우리 곁으로 걸어왔다. 앵글에 문이 걸리도록 비켜선 후 나를 바라보았다. 자세히 보니, 그의 얼굴 역시 눈물과 콧물 범벅이었다. 나는 그의 직업정신에 다시 한번 감탄하며, 크게 심호흡했다. 구 PD가 눈짓으로 문을 가리켰다. 열라는 신호. 나는 잔뜩 긴장해서 문을 열었다.

"으악!!!"

나는 화들짝 놀라 뒤로 넘어지고 말았다. 그 남자였다. 그 역시 눈물 콧물 범벅이 된 채로, 문 앞에 주저앉아 울고 있었다. 그야말로 눈물과 콧물의 파티였다. 언덕을 적시던 비구름이 집 안으로 들어온 느낌이었다.

"Sorry. Sorry."

그가 연신 사과하며 나에게 조금씩 다가왔다. 확실히 그였다. 공항에서 내 가방을 훔쳐 달아났던, 어두운 계단에서 나를 보고 도망쳤던, 나에게 닭을 내던졌던…… 2달 후면 죽을 운명인 가브리엘라의 아빠. 그가 넘어진 나를 일으키기 위해 손을 뻗었다. 그 덕에 그의 팔에 있는 타투가 적나라하게 드러났다. 가브리엘라의 얼굴과 그녀의 이름으로 보이는 라틴어가 거기 있었다. 딸을 향한 그의 애정이 느껴졌다. 문득 아빠가 보고 싶어졌다. 아빠라면 어떻게 했을까…… 아마, 그보다 더 심한 일도 했을 거라는 데 생각이 가 닿았다.

나는 그를 만나면 실컷 패줘야지 하고 생각하고 있었다. 사실, 언덕을 올라오는 길에 몽둥이를 집어 들었던 것 역시 만일의 상황에 대비하고자 함도 있었지만, 혹시라도 그를 마주하면 실컷 패주기 위함이기도 했다. 그러나 그의 얼굴에 아빠의 얼굴이 오버랩 된 순간부터 몽둥이는 더 이상 그 쓸모를 잃어 버렸다. 그렇다고 해서 그의 죄가 없어지는 것은 아니었다. 잘 못 했으면 벌을 받아야 하는 법이다. 나는 그의 정강이를 힘껏 후려 찼다. 사실, 맨발이었기에 하나도 아프지 않았겠지만. 그는 정강이를 부여잡고 온갖 아픈 척을 다 했다. 바닥을 뒹굴었다. 겉보기에만 그랬지, 생각보다 약한 사람이었을지도 모른다는 생각이 들었다.

"이걸로 퉁치죠."

남자는 무슨 말인지, 영문을 몰라서 신음을 흘리며 나를 바라보았다.

"THE END, END!"

구 PD가 다급하게 나를 불렀다. 그리고 귓속말을 했다.

"여름 씨 설마…… 그 돈, 이 가족에게 주려는 생각입니까?

나는 구 PD를 빤히 바라보며 말했다.

"아뇨. 이건 제 죽을 돈인데요?"

19. 바다

태평양의 거친 물결 위로, 석양이 넓게 내렸다.

그것을 바라보던 가브리엘라의 눈이 붉게 물들었다.

가브리엘라는 이 순간을 어느 것 하나 놓치지 않겠다는 듯, 벌써 몇십 분이나 저러고 있었다. 그러는 동안 오후의 열기는 식어가고 해변을 즐기던 사람들은 하나둘 집으로 돌아갔다. 피부를 간질이는 습기를 머금은 바닷바람과 소금 냄새, 젖은 풀의 냄새와 모래 냄새까지. 더할 나위 없이 아늑한 풍경이었다. 가브리엘라가 콧노래를 흥얼거렸다. 그녀를 괴롭히던 지독한 고통은 최소한의 연민, 혹은 염치라도 있는지 잠깐 동안 그녀를 비껴가 있었다. 아니, 몇 년 만에 코뮤나13을 벗어났다는 기쁨이 고통을 잊게 했는지도 모르겠다.

"어렸을 적. 그러니까 엄마가 살아있고 제가 아프기 전에. 아빠랑 엄마, 나 셋이 함께 왔었던 해변이에요."

그녀 옆에 풀죽은 대형견처럼 우두커니 앉아있던 그녀의 아버지가 가브리엘라의 머리를 쓰다듬었다.

"항상 이곳을 그리워했어요."

나는 고개를 끄덕였다. 충분히 그럴 만큼 아름다운 장소였다.

"그리고 앞으로는 지금, 이 순간을 그리워하게 되겠죠?"

나는 나 역시도 그럴 것 같다고 동의했다. 가브리엘라가 서툰 한국말로 노래를 흥얼거렸다.

끝없이 길었던, 짙고 어두운 밤 사이로
조용히 사라진 네 소원을 알아.

오래 기다릴 게 반드시 너를 찾을 게
보이지 않도록 멀어도
가자 이 새벽이 끝나는 곳으로.

나는 기억의 바퀴를 돌려 지난밤을 생각했다. 가방을 되찾고 가브리엘라의 집에서 나오려던 참이었다. 언니. 가브리엘라가 나를 불러 세웠다. 그녀의 어떤 한국말보다 유창한 발음이었다. 나는 K팝 아이돌의 힘을 실감했다. 나를 불러 세운 가브리엘라는 그 이후에도 한참을 고민하더니 어렵게 입을 떼었다.

"저, 부탁이 있어요."

그래, 따지고 본다면 가브리엘라에게는 명확히 빚이 있는 셈이었다. 가브리엘라는 충분히 그 돈을 모르는 척할 수도 있었을 것이다. 그녀의 아빠가 이 모든 사건의 원흉인 것은 맞지만, 한편으론 가브리엘라가 내 생명, 아니 죽음의 은인인 것도 맞았다.

"무슨 부탁?"

"들어준다고 약속해 주세요."

참 당돌한, 콜롬비아의 MZ라고 생각했다. 나는 가브리엘라의 그런 모습이 싫지 않았다. 또한 가브리엘라 정도의 아이라면, 무리한 부탁을 하지 않을 것이라는 약간의 확신이 있었다. 그리고 사실 궁금하기도 했다.

"그래, 이 돈을 달라는 것만 아니라면……"

가브리엘라가 피식 웃었다. 그리고 나와 자신의 아버지를 한참이나 번갈아 가며 바라보더니, 조심스럽게 말했다.

"저 바다가 보고 싶어요. 데려가 주세요."

가브리엘라의 아버지가 펄쩍 뛰었다. 그도 그럴 것이 가브리엘라는 중환자 아닌가, 그것도 죽을 날을 얼마 남겨두지 않은 시한부의…… 나 역시 그건 좀 어렵지 않을까? 라고 말했다.

"들어주기로 했잖아요."

풀이 죽은 가브리엘라가 나를 빤히 바라보며 입을 삐죽했다. 나는 난처해져서 구 PD를 바라보았다. 그는, 그의 눈은 갈등하고 있는 것이 분명했다.

"끝없이 펼쳐진 푸르른 바다 위로, 빨갛게 떨어지는 석양."

그렇게 당당하고 당돌하던 가브리엘라가 소리 내 울먹였다. 그녀를 대신해, 감정이 없는 파파고가 대신 말을 이어갔다.

"즐겁게 뛰노는 연인들과 아이들의 웃음소리. 파도와 바람 소리. 물에 젖은 바위와 풀의 냄새. 제 죽음은 그사이에 놓여 있고 싶어요. 물론 거기에 가서 죽겠다는 이야기는 아니에요. 여기에 너무 오래 있다 보니, 그런 것들이 더 이상 떠오르지 않아요…… 그런 것들을 상상하며 눈을 감고 싶은데, 지금은 눈을 감아도 이 지긋지긋한 동네만이, 낡고 초라한 언덕만이 가득해요."

난처했다.

"제발요."

그쯤 되자 우리 중 누구도 그녀를 반대하지 못했다. 다행히, 노웨어 아일랜드의 담당자가 우리가 돈을 찾았다는 소식과 가브리엘라의 사연을 듣고는 하루 간의 말미를 더 주었다. 그렇게 두어 시간이 지나고, 한인 마트 관련 일이 마무리된 박 주재관이 승합차를 빌려왔다. 그의 수완으로 현지에서 병원을 운영 중인 한인 의사가 동행하기로 했다. 그럼에도 길은 멀고 험

난해서, 가는 내내 가브리엘라는 힘들어했다. 그럼에도 그녀는 잘 이겨냈다. 해변에 도착하고 나자, 그녀는 그간의 고통을 잊은 듯 전혀 다른 가브리엘라가 되어있었다.

노래가 끝나고, 우리는 다 함께 해변을 산책했다. 가브리엘라는 그녀의 아버지에게 업힌 채였다. 어둠에 잠긴 하늘 위로 별이 하나둘 떠올랐다. 파도가 해변에 부딪히는 소리만이 그 시간을 가득 채웠다.

문득 가족들이 보고 싶었다.

20. 안락한 여행

"기분이 어때요. 무섭거나, 떨리지 않아요?"

"글쎄요. 홀가분해요."

"후회되지는 않나요?"

"많은 순간을 후회하죠. 그러나 이 선택을 후회하지는 않아요."

나는 침대에 누워 대답했다. 구 PD와의 짧은 인터뷰가 이어지는 와중에, 안락사를 집행할 의료진이 방으로 들어왔다. 어제저녁 나의 건강 상태를 체크했던 간호사가 나를 보고 수줍게 웃어 보였다.

어제 정오가 조금 지난 시간, 우리는 노웨어 아일랜드에 도착했다. 박 주재관과 가브리엘라, 그리고 그녀의 아빠가 해변에 위치한 작은 항구에서 멀어져 가는 나를 끝까지 배웅해 주었다. 섬에 도착한 후 몇 가지의 간단한 신분 확인 절차가 끝나고, 5만 달러를 납입하는 것으로 나의 안락사는 승인되었다. 과정은 허무할 정도로 빠르게 진행되었다. 마지막 절차로, 나는 이 여행이 끝나는 시간을 받아들었다.

Dec 24, 2023 at 7:15 a.m.

절반의 낮과 온전한 하룻밤이 나에게 마지막으로 주어졌다. 며칠간 이어진 추격전과 이별 여행에 이은 장시간의 이동으로 내 몸은 지칠 대로 지쳐있었다. 그러나 정신만은 그 어느 때보다 선명했다. 해변을 마주한 의자에 앉아 집에 있는 가족들과 꽤 오랜 시간 동안 영상통화를 했다. 애써 담담하게 대화하려 했지만, 썩 잘 해내지 못했다. 부득이한 결과였다.

섬에서 제공한 저녁은 꽤 만족스러웠다. 최후의 만찬이랄까. 뭉근하게 끓여낸 닭고기 수프와 디저트로 제공된 포슬포슬한 식감의 치즈케이크가 특별히 마음에 들었다. 식사가 끝난 후에는 기분 좋은 포만감을 느끼며 밤의 섬을 산책했다. 수평선을 따라 노을이 넓게 내렸고, 불어오는 바람에 바다 냄새가 짙게 풍겨왔다. 나는 그 모든 것을 시간을 들여 찬찬히 음미했다. 한 바퀴를 다 도는데 채 30여 분이 걸리지 않는 작은 섬을 느리게, 느리게 걸었다. 세 바퀴를 도는 데 두 시간쯤 걸렸던 것 같다. 그런 후에는 미지근한 물로 샤워하고, 지금 누워있는 이 침대에 누웠다. 한 달 전 국제특송으로 보내 두었던 침구는 방금 막 햇살에 말린 것처럼 뽀송했고, 몸이 적당히 파묻힐 만큼 푹신했다. 은은한 달빛이 침실로 쏟아졌다. 반쯤 열어놓은 그 사이로, 일렁이는 파도 소리가 들려왔다. 더할 나위 없이 기분 좋은 밤이었다.

그러나 나는 잠들 수 없었다. 마지막 남은 미련이었을까. 나는 억지로 잠을 청하는 대신, 지금까지의 내 삶을 하나둘 떠올려보았다. 큰 불행부터 작은 행복까지, 수많은 드라마가 꿈처럼 흘러갔다. 수평선 위로 해가 떠오를 때쯤 짧은 드라마가 얼추 막을 내렸다.

"그래, 모든 인생이 16부작 드라마일 필요는 없으니까."

아침 6시 30분쯤 구 PD와의 마지막 인터뷰가 시작되었다. 그로부터 30분쯤 지나 의료진이 문을 열고 들어왔다. 심장이 미칠 듯이 쿵쾅댔다. 두려움 때문만은 아니었던 것 같다. 육상경기의 출발선에 섰을 때와 같은, 흥분과 설렘의 감정에 조금 더 가까웠다.

"이 죽음에 동의하나요?"

의료진이 같은 문장을 세 번 물어왔다. 절차였다. 나는 그렇
다고 세 번을 대답했다.

대답이 끝나자, 간호사가 나에게 작은 컵을 건넸다. 채 한 모
금이 되지 않는 약이었다. 어린이 해열제 같은 딸기 맛이 났
다. 이런 맛일 줄은 상상도 못 했는데…… 다행이다 싶었다. 약
을 먹기 전 미칠 듯이 쿵쾅대던 심장이 서서히, 차분하게 가
라앉았다.

이내, 나른한 졸음이 몰려왔다.

안녕.

All that is gold does not glitter,
Not all those who wander are lost.

_ J.R.R 톨킨